微阅读
1+1工程
第六辑

情人节的短信

孔祥树

百花洲文艺出版社
BAIHUAZHOU LITERATURE AND ART PRESS

图书在版编目（CIP）数据

情人节的短信／孔祥树著.—南昌：百花洲文艺
出版社，2014.9

（微阅读1＋1工程）

ISBN 978－7－5500－1040－6

Ⅰ.①情… Ⅱ.①孔… Ⅲ.①小小说—小说集—中国
—当代 Ⅳ.①I247.8

中国版本图书馆 CIP 数据核字（2014）第 184661 号

情人节的短信

孔祥树　著

出 版 人：姚雪雪

组稿编辑：陈永林

责任编辑：刘　云　龚晴瑜

出　　　版：百花洲文艺出版社

发行单位：全国新华书店

印　　　刷：北京一鑫印务有限责任公司

开　　　本：787mm×1092mm　1/16

印　　　张：12

版　　　次：2016 年 1 月第 2 版

印　　　次：2016 年 1 月第 2 次印刷

字　　　数：128 千字

书　　　号：ISBN 978－7－5500－1040－6

定　　　价：29.80 元

赣版权登字：05－2015－25

邮购联系：0791－86895108

网址：http：//www.bhzwy.com

图书若有印装错误，影响阅读，可向承印厂联系调换。

前　言

　　以"极短的篇幅包容极大的思想"，才能够以小胜大，经过读者的阅读，碰撞出思想的火花，震撼人的心灵。正因为这样，微型小说成为一种充满了幽默智慧、充满了空灵巧妙的独特文体。

　　如果说在二十一世纪的头一个十年，是互联网大大改变了我们的生活，那么在我们正在经历的第二个十年里，手机将更为巨大地改变我们的生活。如今，以智能手机为平台，正在构成一个巨大的阅读平台。一种新的阅读方式正不知不觉地走进大众的生活。一个新的名词就此产生，它便是"微阅读"。微阅读，是一种借短消息、网络和短文体生存的阅读方式。微阅读是阅读领域的快餐，口袋书、手机报、微博，都代表微阅读。等车时，习惯拿出手机看新闻；走路时，喜欢戴上耳机"听"小说；陪人逛街，看电子书打发等待的时间。如果有这些行为，那说明你已在不知不觉中成为"微阅读"的忠实执行者了。让我们对微型小说前景充满信心和期待的是，微型小说在微阅读的浪潮中担当着极为重要的"源头活水"。

肩负着繁荣中国微型小说创作、促进这一文体进一步健康发展的责任和使命，微型小说选刊杂志社推出了"微阅读1＋1工程"系列丛书。这套书由一百个当代中国微型小说作家的个人自选集组成，是微型小说选刊杂志社的一项以"打造文体，推出作家，奉献精品"为目的的微型小说重点工程。相信这套书的出版，对于促进微型小说文体的进一步推广和传播，对于激励微型小说作家的创作热情，对于微型小说这一文体与新媒体的进一步结合，将有着极为重要的作用和意义。

编者
2014 年 9 月

目　录

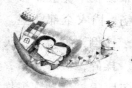

壮行猪

那时缺吃少穿，我在老家读初中。

学校偏远而闭塞，外地好点的老师都不愿来，本地民办老师占一半。老师们虽然都拼死拼活地教，但教学质量仍然不尽如人意，连续三年都没有学生考上县重点高中。家长都议论纷纷，有些还把孩子转走了。

那年我上了初三，一天课间休息，我去上厕所，发现旁边一间废弃的房子有一只猪崽，骨头刺破皮，张着嘴嗷嗷直叫。

上午放学时，学校列队集合，朱校长上台讲话。朱校长说："今天学校养了一只猪崽，这只猪崽不是为老师们养的，而是为初三的毕业生养的。毕业生平时学习紧张辛苦，到了中考前夕，就把猪杀了，为毕业生补充点营养，为毕业生中考壮行！今年中考我们一定要打个翻身仗，毕业班的同学们有没有信心？"我听了心里一热，眼睛潮湿了。我与同学们一齐大声回答："有信心！"朱校长绽开了笑脸，赶快鼓起掌来。台下也掌声一片。

从此，朱校长多了一份工作，喂猪。每当学生吃好饭，朱校长就提着潲桶，拿着小铲，向各间寝室走去。他依次端起门前的烂铁盆，把残饭剩汤倒进潲桶。如果倒不干净，就用小铲铲，如果铲不干净，就用手扒拉。有些学生不讲究卫生，把一些薯蒂、薯皮丢到地上，倒在烂泥沟里，朱校长也一一用手捡起。每次收捡完，刚好有一潲桶，朱校长就吃力地提给猪吃。到了双休日，学生都放假回家了，朱校长只好挎上一只竹篮，去学校后山扯些猪草，让猪填饱肚子。然后赶回家，帮妻子做点农活。

一天黄昏，朱校长去喂猪，发现猪躺在那里一动不动，连猪食也懒得嗅一下，病了。朱校长急了，赶快去兽医站，不想兽医回家了。兽医家在二十几里之外，还要翻一座大山。朱校长想也没想，就在旁边借一个手电筒，心急火燎地出发了。朱校长毕竟五十多岁的人了，走完二十里路，腿像灌了铅，喘气不再顺畅，内衣全部汗湿。等他跟跄着晃到半山，不料脚下石头一绊，人一下子摔倒，脚崴了，头也磕在石头上，血流如注。朱校长赶快扯一把野草，揉碎，敷着伤口，止血。等他一拐一瘸摸到兽医家，已是半夜三更。兽医很是感动，忙搀扶着朱校长连夜赶回，把猪救过来了。

猪一天天长大，中考一天天临近，朱校长的笑容也一天天多了。

一天半夜，我与一个同学起来上厕所，发现隔壁的猪一阵乱叫，一个黑影从猪圈溜出来，跑了。早自习时，我向朱校长汇报了情况。朱校长拍着我的肩膀说："要不是你俩发现及时，这猪就给贼偷了，好险呀。"晚上，猪圈旁边那间废弃的柴房亮起了灯，我跑去一看，柴房不知啥时打扫干净了，朱校长竟住了进去。当时已是夏天，柴房紧挨猪圈厕所，又热又脏又臭。蚊子嗡嗡响，一抓好几只。朱校长一边伏案备课，一边不停地摇着大蒲扇。从此，柴房的灯夜夜亮着，像一只警觉的眼睛，打量着周围的一切。

那时我的成绩在毕业班一直第一，是考上县重点高中的最大希望。但中考前两个月，我突然感冒发烧。由于家里穷，没钱吃药，只好硬撑着。那天我在课堂上昏昏欲睡，朱校长上课发现了，过来一摸我的头，赶快把我背起，向医院赶去。朱校长自掏药费，让我打了几天针。退烧后，见我身体虚，朱校长又买盒人参蜂王浆，每晚让我喝一支。

在中考的前一天，学校终于把那只猪杀了，还放了一挂长长的鞭炮。猪不大，除了给每个毕业生留三两瘦肉外，其余的全部卖了当作中考的费用。中午，我们毕业生排队去领肉吃，肉是蒸好了的，每人一洋瓷缸，热气腾腾，香气四溢。对于我们这些馋鬼来说，这点肉实在太少了。我揭开缸盖，汤匙一阵忙碌，喉咙一阵乱响，一缸肉就见了底。看见缸壁上还糊一点肉屑，我也伸出舌头舔干净了。吃完后，抹抹嘴，竟像猪八戒吃人参果，不知啥滋味。这时，朱校长过来，把我叫到一边，塞给我一缸肉："这还多一缸，你身体差，赶快吃了。"我赶快推开："朱校长，我已经吃了，您自己也吃点吧。"朱校长生气似的说："明天是你考试还是我考试？快毕业了，就不听我的话了？"我抖着手接过缸，背转身，泪水夺眶而出。

不知是吃多了，还是着凉了，我当天晚上竟闹起肚子来，一个劲往厕所跑。朱校长为我买了几包止泻药，也没有止住，自然影响了第二天的考试。

中考分数出来了，我以两分之差没有考上县重点高中，学校再次剃了光头。

我望着朱校长，红着眼睛说："朱校长，对不起，我让您失望了！"

朱校长抚摸着我的头，颤抖着说："孩子，其实是我对不起你。如果我当初不把家里那只猪崽牵来，中考前一天如果我不把小军（朱校长的儿子，是我同班同学）那缸肉让给你吃，你就不会闹肚子，你就一定考上了。"

我呆愣了一下，哽咽着说："朱校长，谢谢您家的猪，谢谢您让的那缸肉！"

我紧紧依偎着朱校长，放声哭了。

致命帮助

　　我们师范 8506 班毕业二十年聚会，同学们陆续到齐，我这个老班长最后一清点，发现还少了王强。

　　王强自毕业后，就一直失去联系，不知在哪里教书。我问其他同学，都摇头。最后向同学的同学打听，才知道王强在一所山村小学。

　　同学聚会，一个都不能少。我驾着小车，向那所学校驶去。

　　一路上山清水秀，鸟语花香。见到王强，我真认不出来了：两鬓微白，颧骨凸出，胡子像乱草，脸色像白纸。走进王军逼仄的小屋，一台小黑白电视，桌椅缺胳膊少腿，煤炉上一只药罐噗噗噗地响，一屋的药香。我问起他的家庭情况，他说："两个孩子，一个小学一个初中，老婆在家务农，自己得了一种慢性病，长年药罐不离。"他又说："日子虽然清苦点，但一家人倒也心平气和，开心知足。"他也问起同学的情况，我向他一一介绍："朱勇改行当了镇长，张非改行当了副局长，李山改行当了片区警长，赵娟在县城一小当了校长……"我最后说："其他同学都捞了个一官半职，只有我这个老班长每天起早摸黑，做点小生意，赚点小钱。"王强一脸羡慕："你们都混得人模人样，只有我没出息。"

　　我把王强接到县城，在聚会酒席上，其他同学天南海北，滔滔不绝，调侃戏谑，不顾不忌，觥筹交错，极尽豪气。王强坐在一角，寡言少语，不烟不酒，显得落寞。

　　酒后，我向同学们提议，给王强一点帮助。我先出一千元，其他同学你三百，我四百，很快聚了六千元。我把钱包好，递给王强："这点钱，你拿去治病吧，免得同学们担心。"王强涨红着脸，用手推开："谢谢同学们的好意，这钱我不能收，现在我自己还能治。"我把钱往王强手里一塞："这点面子也不给？这是同学们一点心意，如果你嫌少，就不接算了。"王强张口结舌，手足无措，只好接了。

两年过去了。那天教师节，县电视台推出一个特别专题，集中报道了王强所在镇的中心小学的教研成果。让我吃惊的是，在接受采访的副校长里，竟然看见了王强。原来王强不仅换了学校，还当了官，我由衷地为他高兴。

但不久，听说王强病了，比原来更重。

我约上同学一起去看望。王强躺在床上，翻来覆去，不住呻吟。

我握着王强的手，酸酸地说："看你病的，是给你的钱太少，让你停药了？"王强微颤着："是停药了，但不是同学们给的钱少"。王强欲言又止，闪烁其词。我猜另有隐情："那到底是什么原因呢？"王强的脸一下子红了，结结巴巴："为调到镇中心完小，以及争取那个副校长，我把你们给的钱，都用在了找人找关系上。"王强接着苦笑："你们一个个出人头地，我也想混个小萝卜头，找点心理平衡。"

我一怔，不解。临走前，我们又凑齐一万元，塞给王强的老婆，叫他尽快把病治好。

一年后的一天，我去县实验小学接孩子，看见了王强。我上前握住王强的手："你怎么在这？是来这里听课？"王强笑着说："托同学们的福，我调到实验小学来了，上班才几天呢。"我高兴地说："恭喜恭喜，进城了就好。"

但不久，听说王强又病倒了，住进了医院，比上次更重。

我们一群同学赶去，王强神志不清，正在输液。我向医生询问病情。医生说："这是种慢性病，本来不要紧的，主要是病人停了药，又不注意休息，才使病情恶化。"我问王强的老婆："上次一万元用完了吗？怎么又停药了？"王强的老婆哽咽着："王强不听劝告，他为了进这个城，用光了你们的钱。他说你们都是城里人，他一个乡巴佬，总感到低人一等。"

我一愣，愕然。离开时，我们又纷纷解囊，凑了一万三千元，塞给王强的老婆，叫他先把病治好。

王强在医院住了一段时间，听说病情好转了不少，我的心放了下来。

王强住在县城，离我们同学近了。平时节假日，我们同学相互串门，也把王强邀上。

转眼三年过去了。一天接到电话，说王强正在医院急救，快不行了。

我赶快联系同学，急急赶去。

见到王强，他已昏迷不醒，奄奄一息。王强的老婆一把鼻涕一把泪，眼睛成了红桃子。我心急如焚地问："怎么病成这样？"王强的老婆恨恨地说："这老糊涂该死，你们好心给那么多钱，他不拿去买药，而是偷偷拿去买六合彩。他说看见你们每家像宫殿一样，而自己租住的家像个收废品站，想请你们来玩都开不了口。所以他每天想发财，结果血本无归不说，还在外面背了一屁股债。"

我摇头，心里发疼。

过了好久，王强的身子颤动了一下，眼睛睁开了一条缝。我紧紧握住他冰冷的手，涩涩地说："王强，同学们都来看你了，你还有什么话就说出来，我们是会继续帮助你的。"王强努力睁开眼，嘴唇翕动着，但发不出声音。过了一会，他好像攒够了力气，终于挤出几句话："如果你们当初……不去找我，不给我……后来……那些帮助，也许我今天……还在……平静知足地生活，也不至于……落到……这步田地……"王强的目光含着哀怨，几颗浊泪沿着眼角流下来。

我们一下子愣在那里，瞠目结舌。

送　水

我家住在小区七楼，送水的是一个小伙子。

小伙子吃得苦，每次我一个电话打去，很快就听见楼下摩托车的轰鸣声，接着楼梯间就响起有力的脚步。

我赶快把房门打开，转眼小伙子就站在我家的门前：肩上扛一桶水，手里提一桶水，胸脯一起一伏，汗水珍珠断线般下落。

小伙子朝我憨厚一笑，掏出毛巾胡乱揩下，再套上鞋架上的鞋套，两只手各提一桶水进来了。

他把饮水机上的空桶取下来，熟练地把刚送来的水桶的封口撕开，双手一托就把水安放好了。

他接过我给的水票，提着两只空桶噔噔噔下楼了。

一天，小伙子送来水，准备换上。其实换水不是他的事，我赶快上前，说你歇歇，让我来。我的手还没挨到桶，小伙子早已一把托起，把水换好了。

我赶快倒一杯茶，并问起他的家庭和送水的事。小伙子边喝边说，我妈卧床多年，药罐不离，每个月都要花一千多元。我送一桶水提成几元钱，由于联系的客户少，每月只够供养那只药罐。

我听得心里酸酸的，把最后两张水票给了他。小伙子见我的水票喝完了，嗫嚅着说，这家矿泉水取自深山，高品质，纯天然，无污染，不知道你还继续喝不？

说句良心话，这家的水质不太好，我早就不想喝了。但面对这双乞求的眼睛，我的心软了，我赶快说，喝，继续喝，我明天就去买水票。小伙子听了，朝我感激一笑，很轻快地走了。

几个月后的一天，酷热难耐，我打电话叫送水。过了好久，也没有送水来。我以为对方忘了，正准备打电话催，不想门铃响了。

我打开门一看，一惊，原来是个六十来岁的大伯，扛着一桶水，双腿发颤，面白嘴白，上气不接下气，汗水把微白的乱发都粘住了。

我赶快上前，帮着接下水，问，大伯，你该不是送错了吧？

大伯拿出毛巾，胡乱擦擦汗，吃力地说，没送错，我儿子病了，我替他送。

大伯停一下，等喘顺了气，接着说，下面还有一桶水，我去去就来。大伯蹒跚着，抓着楼道的扶手，一歪一斜地下去了。

又过了好久，大伯才扛着水上来。大伯把水放在地上，倚着门框，喘着粗气说，人老了，身子骨不听使唤了，提一桶水都要歇几次，让你们久等受渴了。

我说，大伯，没关系的，天气这么热，你注意下身体，别中暑了。

大伯笑笑，赶快换上鞋套，急急把水提了进来。我把空桶从饮水机上取下，准备换水。不想大伯一个箭步上前，一把抓住那桶沉沉的水，一下用力地托起，把水换好了。

大伯说，这水一直是我儿子换的，怎么能劳你费力呢。你们读书人的手拿笔好使，换水还是我们轻便些。说完，大伯把那撕下来的塑料纸捡起，丢进垃圾桶里。

我过意不去，赶快倒一杯茶，叫大伯坐沙发歇歇。大伯接过茶，只是站着，一口气喝完了。我赶快再倒一杯，大伯急急摆手，说喝好了呢，就向外走去，轻轻关上门。

又一次，大伯送两桶水，我把最后两张水票给他。大伯看着我，嘴唇翕动着，犹疑着说，你的水喝完了，你看这水怎样？

我知道大伯的意思，他老伴和儿子病了，他多想多一户客户，多送一桶水，多挣几个钱，多缓减一点生活的压力。我赶快说，这水好，你放心，我会继续喝的。

大伯摆摆头，急着说，我不是这意思，这水其实不是深山的矿泉水，而是在县城接的自来水，老板只是在自来水里溶一种药丸，消消水腥气。我多次劝告老板，但他就是不听。

我大吃一惊，说这是真的吗？大伯说，这都是我亲眼看见的，医生说我儿子也是喝这种水病的，我是劝你不要再喝这种水了。

我终于明白，这种水怎么老是有点混浊，还有一丝怪味。我又纳闷说，你这样揭自己的短，挖自己的墙脚，不是会影响你的工资吗？

大伯憨笑说，我少送几桶水，只损失点小钱，如果你们喝出了病，那就要用大钱呢。

大伯提着空桶哐当哐当下楼去了，我望着他的背影呆若木鸡。

后来，我就不喝这家水了。但大伯还在小区送水，不过原来他要送十几家，现在好像只送一二家了。

一次我碰上大伯，问，你儿子好了吗？大伯一笑，说早好了，谢谢你还记挂他，他不送水了。

我又问，现在你到小区送水好像少多了，你现在一个月能送多少钱呢？

大伯说，经过我大半年的"宣传"，现在我送的客户减少了大半，我每月的工资也减少了大半，每个月除去摩托车的汽油费，就剩不下几个硬币了。

我说，你工资这么少，你家里又这么困难，你不如去找份其他事做，何必吊死在这棵树上呢？

大伯说，找其他事容易，挣钱也更多，但我还想继续送水，直到把这家公司送垮。

我怔怔看着大伯，说，你这样做，是不是老板克扣过你的工资，或平时对你态度粗暴呢？

大伯说，老板一直对我很好，你知道老板是谁吗？

我摆摆头。

大伯低声说，他是我弟弟。

大伯看着我，沧桑的眼里透着纯净，就像深山里的一泓清泉。

妈妈给我一把帚

　　真没想到，那么红火的厂子这么快就垮了，妈一下子竟成了下岗工人。那时爸一直患病在家，做不得事不说，还长年药罐不离。我与弟也在读书，学校隔三岔五总要钱。现在妈这点"财路"断了，无异于釜底抽薪，生活便陷入了困境。

　　妈不吃不喝，在床上躺了两天两夜，最后还是硬撑了起来，揉揉红肿的眼说，厂子死了人还要活，我就不信老天会绝人之路。幸好那时环卫所招收清洁工，妈请几个熟人朋友说情，才算谋到了一份事。

　　那天妈推着垃圾车回来，上面放着铁铲、扫帚和工作服。弟一见可乐了，时而推着车子满院跑，时而挥铲舞帚乱折腾。妈在一旁笑着说，伢崽呀，告诉你们一个好消息，我明天就要上班啦！激动和喜悦溢于言表。我却高兴不起来，妈以前虽然工资不高，但也算体面活，现在竟只能去扫街，每天与污泥臭水打交道，那还不是低人一等？

　　妈负责一段街，每天晚上扫后，次日中午还要再扫一次，责任心特强。我最烦妈中午清扫，因为这是我上学必经之路，我怕同学们认出了妈，用异样的眼光看我。每次妈在左边扫，我就往右边走，妈在右边扫，我就绕左边走，尽量躲避。但那次妈还是叫了我，我装作没听见低头继续走，妈连叫几声，我只好极不情愿地停下来，惹得同学们都看着，窘得我满脸通红。妈说快帮我扫下，好快点回家做饭。我一肚怨气，有气无力扫着，许多地方没扫干净。妈看出了我的心思，开导说，傻伢呀，妈一不偷二不抢，完全靠自己的力气吃饭，有什么丢人现眼的呢？你课本上没学吗，掏粪工人时传祥都得到了刘少奇主席的接见呢。如果没有我们，这座城市能每天洁净舒适吗？妈轻言细语，但我脸上火辣辣的，写满后悔和羞愧。

　　爸的病越来越重，最后还是走了，我的天空塌了一角。我诅咒命运的捉弄和生活的责难，希望和梦想被现实击得支离破碎，只感到前途一片灰暗和迷茫。那时学校几个哥们，经常约我一起，逃课躲学，东游西逛，时而吸烟，时而泡网，时而找同学揩肥，时而打架斗殴，我跟在他们身后，痛并快乐着。那天我刚从网吧出来，就被妈叫住了。妈问怎么这么早就放学了，我谎说考试呢。妈说一个同事病了，我帮她扫了一下，却耽误了自己的，你快点帮我扫下，好回去做饭你吃。我很不悦地拿起帚，粗声说，自己都忙不过来，还管那么多闲事！妈说你知道那同事是怎么病的吗？她是被她读初中的孩子给气病的。本来家里就很困难，那孩子又偏偏不争气，每天在外面与人瞎混，成绩一落千丈不说，还被派出所请去了。人不可能没有缺点，就像地上这些烂泥残叶，如果不清扫干净，就会影响人的健康和成长。妈接着说，伢崽呀，你可千万别学坏，你爸临走时对你说了的，要好好学习天天向上呀。我明白了妈的苦心，我不敢听下去了，只好低下头去，任泪水悄悄滑落。

　　爸的丧事背了不少债，我那时也升到高中，学校好像总有收不完的费。妈那点工资入不敷出，日子日见窘迫了。我想辍学算了，一来可以为家里减轻点经济压力，二来可以为家里添一双帮手。但一看见妈那花白的头发佝偻的腰身皲裂的双手，到了嘴边的话我又咽下去了，妈这一切都是为我们兄弟累的，我怕伤了妈的心。那次一点资料费全班就只我没交了，妈说再等几天工资就发了，我没好气地说，每次都是等等等，这脸我是丢够了，这学我是不上了，再说即使熬完了高中，将来考上了大学又拿什么读呢？妈长叹几声，愧疚地说，乖伢呀，都怪妈没本事，不过只要你兄弟能考上大学，妈砸锅卖铁也送你们读！你有这个理想妈真高兴，妈盼望你早日向妈报喜呢！妈挤出笑来，泪光闪烁。

　　后来妈越扫越晚，越扫越长，身体也越扫越差。有时半夜一回来，脚也没力气洗了，就往床上一倒，辗转反侧，不住呻吟。天一亮，见我与弟起床上学，便又颤巍巍起来煮面。我说妈您躺下，我会煮。妈说我不是躺过了吗，老骨头还撑得住呢。很快到了寒冬，那天晚上出奇地冷，半夜把我冻醒了，原来下起了大雪，竟发现妈还没回。我忐忑不安地起来，急急向街上找去，但找遍妈负责的那段街，没有一个人影。我又急急向另一条街找去，在昏黄的灯光下，果真有个人影在晃动。走近一看，那人正在艰难地扫着，满身是雪，不住抖索。我赶上前去，哽咽着喊，妈，您怎么扫到这里来了？妈把双手呵了呵热气，拍拍身上的雪，哆嗦着说，妈扫两条街，领双份工资，你的学杂费就不用欠了。我紧紧抱着冰冷的妈，泪流满面。

我终于没有让妈失望，顺利考上了一所重点大学。收到录取通知书那天，妈树皮般的老脸笑成了一朵花，连说我伢有出息啦我伢有出息啦。但一想起那么多学费，妈的眉头又锁了起来，露出一脸愁容来。妈只好去找亲戚朋友亲房叔侄，赔着笑脸说尽好话，一家家挪借。那天妈正在扫街，我找去了，我激动地说，妈，我准备明天提前去上学。妈愣了一下，怔怔看着我，说学费还没攒齐呢，你拿什么报名？我笑着说，我已经在家里打好了证明，决定去学校办助学贷款，毕业后自己还。我想提前去搞点勤工俭学，为自己挣几个生活费。临走前我只想替您扫次街，让您也歇一下。妈眼便红了，颤着手抚着我的头，点头微笑说，妈不累呢，你以前不是替妈扫过吗？傻伢呀，其实你手里一直拿着一把帚，你每天都在扫呢。你扫去了虚荣，扫去了脆弱，扫去了自私，扫去了浮躁，变得自尊自爱自强自立起来，妈真为你高兴！

我接过帚，涩涩地说，妈妈，谢谢您给我这把帚！

跟　踪

一天，李四在商场买一只花瓶，抱着朝门外走。

李四一脚正要跨出门，不想与进来的张三撞了。

砰！李四那只花瓶脱手滑落，碎了一地。

张三和李四互不相识，都愣在那里，

张三涨红着脸说，真不好意思，我不是故意的。

李四瞪着张三说，你的眼睛长哪了，瞎了吗？

张三给惹火了，他冲着李四吼，你眼睛才瞎了呢，刚才明明是你撞我，你还猪八戒倒打一耙！

李四气得身子发颤，他用手点着张三的鼻梁说，明明是你撞落了我的花瓶，你还恶人先告状，就凭你这副德性，老子今天就要修理下你！

李四说完，卷起手袖，怒目圆睁，准备上前。

张三也不示弱，他见旁边有块石头，赶快拿在手上，虎视眈眈。

两人剑拔弩张，幸好旁人上前拉开，才平息了一场争斗。

李四被人劝开，往回走。刚走几步，他又转过头，瞪着张三说，今天算你狠，老子有急事，懒得理你了，以后别让老子遇到你！说完，晃了晃拳头。

张三也毫不嘴软，他粗声说，老子也不是吓大的，对你这种蛮不讲理的人，三句好话不贴一耳光，你以后也跟老子注意点！说完，朝李四的背影啐了一口痰。

一时的冲动，一时的气话，随着时间的流逝，也就渐渐淡忘了。

但在不久后的一天，张三在街上正准备回家，突然发现了李四。李四当时正跟在张三后面，相隔几米远。张三本来都认不出李四了，还是李四额头那一道醒目的疤痕，才唤起了张三的回忆。

张三假装没看见，快步向前走，想避开李四。不想李四也走得很快，紧紧跟着，一直保持一定的距离。这时李四好像也发现了张三，眼睛直直盯着张三，额头那道疤痕像一把刀，闪着刺眼的光。

张三的脚就越走越软，心也越跳越乱。他赶快插向小巷，七拐八弯，总算甩掉了李四。

过了一段时间，张三在街上又发现了李四。李四又跟在张三后面，隔着十几米远。

张三又故伎重施，从正街一下插入小巷，拐来拐去。不想这次失算了，李四也沿着这条小巷，穿来绕去，如影相随。

张三的心一沉，心想如果在这里被李四暗算了，过往的人又少，那真是叫天天不应，喊地地无门呢。张三的身子不禁微颤起来，双腿也好像不听使唤，趔趔趄趄。

张三一个劲向前晃，总算走出了小巷，进入了自己居住的小区。但李四不依不饶，也跟进了小区。

这狗日的也太阴毒了，他想搞清楚我住的具体位置，好以后来暗算我。想到这，张三有点不寒而栗。

幸好小区正在举行中老年健美操表演，张三趁李四不注意，一下钻进人堆里，再偷偷跑回家。

又过了几个月，张三又碰上了李四两次。张三每天如芒刺背，坐卧不安。

不久，张三又发现被李四盯上了，就在张三居住的楼栋前。

张三有点慌，他想，自己住在什么地方都暴露了，那以后自己的一举一动不都处于李四的监视之下了吗？

更让张三心慌的是，李四正狠狠盯着他，手里还拿着一根棍子，一步一步跟着，好像要教训他似的。

张三的心快要跳出来了，腿一个劲打战，呼吸变得越来越急促。

张三站在楼栋口不动了。他不敢再上楼，再上楼那自己具体住在哪一层哪一间房就清楚了，那自己甚至家人就更危险了。

张三就这样站在楼梯口，紧握拳头，青筋暴出，瞪着李四。

李四也停了下来，他紧握着那根棍子，狠狠盯着张三。

两人默默对峙着，一个不退，一个不走，连空气都快凝固了。

这时，李四掏出手机，打了一个电话。

张三的心一咯噔，他想坏了，那疤子崽肯定是自己不敢动手，要搬救兵来了。

好汉不吃眼前亏，再说这个隐患一日不除，自己也一日不得安宁。于是，张三也赶快掏出手机，拨打了110。

很快，随着警笛一响，一辆警车向小区疾驶而来。

警察下了车，问，刚才是谁报警？

张三说，是我。

李四说，我也报了。

警察又问，你们有什么事吗？

张三指着李四说，为了过去一点小摩擦，他一直在跟踪我，今天还拿着棍子想暗算我。

李四也指着张三说，是他跟踪我，我手里拿的明明是卷轴画，明显是他在诬陷我。

警察有点懵了，说，你们到底是谁跟踪谁？

张三急着说，我就住在这个小区，怎么是我跟踪他呢？

李四也急着说，我住进这小区一年多了，肯定是他跟踪我呢。

警察越发糊涂了，说，你们到底住在什么地方？

张三说，我就住在这个小区38栋3单元5楼1号房呢。

李四说，我也住在这个小区38栋3单元6楼1号房呢。

警察吃惊地说，什么？你们是邻居！

张三和李四满脸涨红，呆若木鸡。

李大哥送枣

那天在单位门口，一个中年男子戴顶草帽，搭条毛巾，横根扁担坐在地上。旁边放着一担篾箩，里面装着枣子：又红又大，沾着露水，有的还黏着枣叶，一看就知道刚下树。

不一会，中年男人挑着枣，跟着单位小李上楼来了。中年男子把篾箩放在走廊，拿出一捆塑料袋，把枣装进一个个袋里。很快，小李领着中年男子来到办公室，一人手里提着两袋枣。

我问："小李，你买这么多枣呀？"

小李说："不是我买的，是送给各位领导的。"

我指着中年男子问："请问这位是？……"

小李说："我爸呢，我爸说送几粒枣子大家尝尝鲜。"

经小李一介绍，这位李大哥脸就有点红，话也有点结巴："这是自家树上几粒枣子，真拿不出手的。我家小李子不懂事，如果他要是不听话，你们尽管骂，尽管打。玉不琢不成器，人不教不长进呢。"我笑了："你家小李子大学生，有能力，肯吃苦，脑瓜活，年轻有为呢。"我搬一把椅子，叫李大哥坐。李大哥摆摆手，急急向外走："你们忙你们忙，我还有枣没送呢。"

我拿出一粒枣子，咬一口，又甜又脆，满嘴清爽。

以后，每年枣子成熟时节，李大哥总会给我们每人送一袋枣子。

那年，小李成了办公室主任。枣子刚上市，李大哥又挑着一担篾箩枣子，呼哧呼哧上楼来了。李大哥又依次到各科室送枣，顺便聊几句。李大哥把一袋枣子放到我的桌头，满脸堆笑："谢谢领导多年来对小李子的关心！小李子打小就喜丢三落四，如果工作上有什么眼不见脚不到的地方，还望多多指教。"我说："小李子工作没话说，深受大家喜爱，前途不可估量。"我赶快倒一杯茶，李大哥说不渴不渴，急急走了。

后来，李主任顺风顺水，步步高升，很快成了李副局长，最后成了李局长。

枣子又上市了，那天我对几个同事说："今年这李大哥应该不会来了。"几个同事也一齐附和："子贵父荣，何况这把年纪了呢？"

但我们猜错了。第二天，李局长不在，李大哥又挑着枣子，拉着扶手，颤巍巍上楼来了。我赶快上前帮他接过担子，并劝他来年不要再送了。李大哥叹叹气："人老了，身子骨也不听使唤了。你们客气个啥，不就是家里几粒枣吗？"李大哥装袋枣子，递给我："小李子工作上若有什么不对的地方，请你们大胆地指出来。若你们不好说，就告诉我，让我来批评他。这样我就非常感激了。"我笑笑："李局长有能力，有魄力，各项工作都很出色呢。"李大哥分好枣就走，我一把拉住："快中午了，你离家又这么远，就在下面餐馆吃个便饭吧。"李大哥轻轻挪开我的手："不能吃呢，天气转阴了，枣子等着下树，若一淋雨，就会烂掉。"

后来，李大哥还是每年送枣来，劝都劝不住。

那年，我们单位有人举报，李局长因经济问题被摘了帽子，贬为一介平民，调到了其他单位。

那天，枣子又成熟上市了，我与几个同事嘀咕："今年李大哥肯定不会送枣来了。他这么多年好心送枣给我们吃，不想吃了枣的人一脚把他儿子踹了下来，叫谁心里不堵呢？何况人家孩子还不在我们单位了呢？"话音刚落，不想李大哥又挑枣来了。李大哥放下簸箩，面白嘴白，一下瘫坐在走廊里，白发微颤。我赶快给他倒杯茶："李大哥，请你来年真不要送枣了，你这么大的年纪，又这么远的路，我们吃了落头发，折寿呢。"李大哥一口气喝完茶，用毛巾揩揩汗："小李子虽然官没了，人也调走了，但我们的情还在。不就是自家几粒枣吗，你们可别生分了。真的要谢谢你们及时指出小李子的错误，让他还留碗饭吃。如果让他越陷越深，说不定他这辈子要把牢底坐穿呢。"虽然举报者不是我，但我的脸还是刷地红了。

李大哥分好枣，拿起扁担，挽起箩绳，准备走。我留他吃饭，他不肯。我执意派车送他一程，他执意不肯。李大哥挑着空箩，趔趔趄趄远去，我的眼睛悄悄湿润。

随后一年，李大哥又按时送枣来。

第二年，枣子早已下树，街上的枣子也卖没了，李大哥还没来。我们想，李大哥今年真的不会送枣来了。

这次我们猜对了。很快传来信息：李大哥病逝了。

我们单位所有同事，都自发组织起来，去为李大哥送行。

到了李大哥那个偏远的小山村，我们突然发现，那里不仅房前屋后没有一棵枣树，就连周围山山岭岭也没有一棵枣树。

我们跪在李大哥灵前，泪流满面。

请你开门

李魁过失杀人，坐了六年牢。

李魁出来时，他妻子早已同别人跑了，只留下一个空家。

李魁在外面跑了几个月，也没找到工作，经常借酒浇愁。

李魁那天晚上喝多了，直到十点才回家，趔趔趄趄，风摆杨柳。

李魁来到自家单元门前，掏出钥匙开门。但插了又插，扭了又扭，就是打不开。他怕拿错了钥匙，就把其他钥匙一个个试，也没有打开。

这时，李魁发现门上贴了一张告示，才知道单元门锁坏了，上午刚换过，叫到物业领钥匙。

这时物业早下班了，看来只好求助左邻右舍了。李魁朝上一看，发现许多人家熄灯睡觉了，只有三、五、七楼还亮着。

单元门口装了对讲电话，你只要一按，上面的人家就能听见。如果上面人家允许你进去，在家里一按开关，单元门就会自动打开。

李魁颤着手，一按三楼。电话叮咚一响，有人接了，是个女的。

那女的问，谁呀？

李魁僵硬着舌头，轻声说，是我，请开下门。

那女的没等李魁说完，就大声吼，你还回家干啥？你现在把家当成宾馆，把宾馆当成家！你以为你当了一个芝麻官，有了几个臭钱你就了不起了！你就可以在外面吃喝嫖赌了！平时总是黏着那些狐狸精，现在喝多了就想起我了，就想我服侍你！没门！说完，重重关了电话。

李魁苦笑着，摆摆头。他只好又按五楼，接电话的也是个女的。

那女的问，谁呀？

李魁喷着酒气，含混地说，是我，请开下门。

那女的没等李魁说完，就嗲声嗲气地说，我不是叫你最近不要来吗？我老公回家探亲了，他在外面打麻将，过下子就要回的。我最了解你，一喝多了酒，就像只馋猫，净想偷鱼吃。两情若是久长时，又岂在朝朝暮暮，你快点走吧。说完，也把电话挂了。

李魁苦笑着，摆摆头。他只好又按七楼，接电话的是个男的。

那个男的问，谁呀？

李魁打着酒嗝，支吾着说，是我，请开下门。

那男的不等李魁说完，就粗声说，你又来干啥？那么多工人，一欠一两年都欠得，就你一个人欠不得？就你这几千元工资欠不得？你不是要去劳动部门告吗？你不是要去维权中心告吗？你尽管去告呀！老子难道是吓大的吗？你小子酒后再不要来闹事了，再来看我不找人废了你！说完，狠狠挂了电话。

李魁苦笑着，摆摆头，他显然又被误会了。

李魁只好又按响三楼，接电话还是那个女的。李魁抢着说，不好意思，你刚才认错人了，我叫李魁，就住在四楼，麻烦你开下门。

那女的不耐烦地说，什么李魁，我这单元没听说这个人，你住四楼怎么没钥匙呢？我看你又是想混进来贴牛皮癣广告。每天早上一起来，走廊里到处乱涂乱画，花花绿绿，好烦人的。说完，关了电话，也熄了灯。

李魁无奈一笑，只好又按响五楼，接电话还是那个女的。李魁抱歉地说，打扰你了，你刚才认错人了，我叫李魁，住在四楼，忘了去物业领钥匙，麻烦你开下门。

那女的一听，恼恨地说，李魁？我怕你是李鬼吧！最近小区经常被盗，连我家保险柜都被搬走了，黑灯瞎火的，你又想进来光顾谁家？那女的一下挂了电话，把灯也熄了。

李魁摆了摆头，只好又按响七楼，还是那个男的接电话。李魁轻声说，冒昧打扰你了，我不是讨工钱的，我叫李魁，住在四楼，我忘了去物业领钥匙，麻烦你开下门。

那男的厌烦地说，四楼李魁？我不认识，也没听说过。半夜三更的，你没钥匙怎么不早点回家呢？你不叫你家人开门为什么叫我呢？你不是讨工资的，那你肯定是那个流浪汉，在外边冻得受不了了，又想混进来在楼道蜷一宿，恶心死了！没等李魁回话，那男的就急急挂了。

李魁很懊恼，很无助，寒风吹来，瑟瑟发抖。这时只有七楼还亮着灯，他只好又按响七楼。

门铃响了好久，那男的才拿起电话。李魁赶紧解释说，我真的不是流浪汉，我真是住在四楼的李魁，家里再没有其他人，麻烦您行行好，为我开下门。

那男的凶巴巴地说，谁知道你是李魁还是李鬼，夜深人静的，你如果再骚扰，再不滚开，我就打电话报警了！

李魁显然生气了，他说，你不认识我，但你应该知道这栋楼另外一个人。这个人几年前杀死了人，被抓去坐了几年牢，你没听说过吗？

那男的愣了一下，说，杀人的事谁不知道呀，这和你开门有关系吗？

李魁说，当然有关系，那个杀人犯，就是我！

电话那头一阵静寂，门啪地开了。

李魁推开门，脚步一个趔趄，心口隐隐作痛。

张青稻

张青是窑匠，祖传的，到他这一代也不知多少年了。

张青每天起早摸黑，挖土，和泥，制坯，装窑，焙烧，闭火，润水。最后打开窑门一看，一股热气扑面而来，一窑的青砖碧瓦。

张青烧的砖瓦经久耐用，防震抗压。他的砖用小铁锤都敲不破，他的瓦掉在地上都碎不了。张青是白云庄人，这里的房屋有的几百年了，虽然梁朽柱蛀，摇摇欲坠，但墙体不损不倾，完好如初。

张青烧窑名声远扬，传遍江宁府，知府大人大喜，把他的窑封为官窑。

为朝廷添砖加瓦，义不容辞。但张青还是提了一个要求，他说我烧窑其实也没有什么过人之处，只是加了一种辅料——黑糯谷，恳请官府解决。这是一种耐干抗旱作物，生长在偏远的北方，而我们白云庄也干旱少雨，只有把这种谷浸湿、发酵、蒸熟，再与白云庄的干土掺混，烧出来的砖瓦才更有黏性更有韧劲。知府大人眉开颜笑，说只要让朝廷满意，让皇上开心，我什么条件都答应。

那年全国发生旱灾，白云庄更为严重，连续半年没下一滴雨。太阳每天白亮亮火辣辣，照在身上像刀割一样疼。整个天空没一朵云，没一丝风，就像一个大火盆，烘烤着大地。

渐渐，大河烤瘦了，小溪烤干了，山上的草木烤萎了，地里的作物烤死了。最心疼的是水田也烤裂了缝，像一张张饥渴交加的嘴，连锄把都伸得进去。稻谷都半死不活，蔫头耷脑，好像风烛老人在苟延残喘。

很快，各家储存的一点粮食吃光了，官府赈灾的一点粮食也吃光了。大家只好争抢着吃糠麸，吃树叶，吃草根，吃观音土……

不久，能吃的都吃得差不多了，庄里人慢慢撑不住了，面黄脸肿，头昏眼花，有的眼皮都没劲睁开，有的双脚都无力挪动。后来还是饿死了人，先饿死的多是小孩，晚上经常听到有人幽灵般啜泣，次日山上就添了几凸新坟。恐惧像一只恶魔的黑手，紧紧攥着每个人的心！

绝望之余，有人脑里亮光一闪，想到了官窑边那个小谷仓，想到了谷仓里做砖瓦用的黑糯谷。

几个人一喊，庄里人便提箩拿盆，向谷仓涌来。但谷仓一把大铁锁锁得严严实实，大家便用石头砸，砸得火花四溅，哐哐咚咚。张青闻声赶来，用身子护住铁锁，厉声说，乡亲们，这可是官窑的辅料，谁抢了一粒，就是与朝廷作对，就是蓄意造反，是要诛灭九族的！如果谁想白云庄断子绝孙，成为千古罪人，那就上来砸呀！经张青这一喝，大家无奈地丢下石头，垂头丧气病病歪歪回去了。

过了两天，庄里人又向谷仓涌来，这次除了挎篮提篼，还拿着锄头菜刀木棍，杀气腾腾。他们把谷仓围住，瞪着血红的眼，对护着仓门的张青吼，家里老婆孩子都挺不住了，与其让他们饿着肚子死，还不如让他们做个饱死鬼。今天这谷你是分也得分，不分也得分！说罢大呼小叫，挥刀舞棍，就要上前。

张青手一拦，指着门前一只小猪说，分谷可以，但我家这只小猪也快饿死了，分谷之前，我也想让它吃一口，让它也做只饱死猪，我想大家没意见吧？说完，张青钻进谷仓，舀一碗谷出来，放在猪前。猪也是饿极了，张嘴大嚼，但刚嚼几口，就口吐白沫，倒在地上，四脚乱弹，没了声息。

旁人大惊失色，目瞪口呆。张青说，为了防止老鼠、麻雀偷食，我给仓里的谷拌了些药粉，没想到这药这么毒。最近田里的稻谷发了虫，大家都没心思去治，我最近也想替各位的田散些药粉，如果雨来得快，保准还有些收成。如果谁想当饱死鬼，就把这谷分了吧，朝廷追究下来，所有罪责我担着。听张青这一说，再看看那头猝死的猪，大家将信将疑，长吁短叹，摇摇晃晃回去了。

随后几天，张青带着老婆，挑着谷箩，早出晚归，汗流浃背，在田畈忙碌。

一天，几个捕快赶来，把张青押走了，说张青烧的砖运到皇宫砌城墙，不想十有八九裂缝，让龙颜大怒，下令杀头治罪。

张青被押到官府，就在正法的前夜，突然乌云密布，雷声轰隆，竟下了一场雨。张青欣慰地说，天降甘霖，老天开恩，百姓有救了，我死也瞑目了。第二天，快马来报，京城喜逢夜雨，张青裂缝的砖一夜愈合，完好无损，坚不可摧，惹得龙颜大悦，下令赦免死罪。

张青被放回了家，但没过几天，捕快又来抓他。原来张青的砖经检验，竟发现里面没有一粒黑糯谷，怀疑张青一家为度灾难，私吞果腹了。

捕快赶到白云庄，打开谷仓，里面空空如也。庄里人愤然大骂，张青你良心被狗吃了，一仓糯谷，一家独吞，看着庄里小孩饿死也不救，即使千刀万剐抽筋剥皮也活该！

捕快又赶到张青家，没见张青，只见张青的老婆倚在墙上，奄奄一息，手里抱着饿死的儿子，欲哭无泪。

捕快又找到村口，发现张青躺在地上，饿得前胸贴后背，只有出气没有进气。捕快厉声责问，张青，你吃了黑糯谷，还装成这样，是想逃脱罪责吧？张青双唇翕动着，非常吃力地说：我没有……吃一粒……黑糯谷，黑糯谷……都在……那里……张青说完断了气，手直直指着不远的稻田。

捕快朝田里望去，除了那些枯死的稻苗随风乱抖外，好像再没什么其他东西。几个农民心存疑惑，走近稻田，朝沟垅一看，突然跪在田边，抱头大哭起来。

原来各家被枯苗遮住的沟垅里，不知啥时竟泛起了一片新绿，长出了一茬茬黑糯秧，青里泛黑，伸茎展叶，一派生机。

后来，即使是风调雨顺之年，庄里各家也都种黑糯稻。这种稻产量不高，口味不好，但庄里人一直固执地种它，吃它，并亲切地叫它“张青稻”。

爱的守候

伟和冰好上了，确切点说是爱上了。

其实，他俩也不知道，只是被对方吸引着。论外表，伟谈不上玉树临风，但也英气逼人；冰谈不上天生丽质，但也清秀可人。更重要的是他俩有相似的生活阅历，有相近的兴趣爱好，有相同的人生追求，聊起来心有灵犀，如坐春风。

他们同城工作，但都很忙，多靠手机沟通感情。一般白天没时间，便晚上煲手机粥，有时一聊一两个小时，直到夜深人静才罢休。每次"再见"后，伟先听着冰摁断，才上床睡觉。但躺到床上，眼前老晃动着冰的身影，耳畔老萦绕着冰的声音，心旌摇荡，辗转难眠。冰也有失眠症，有时实在睡不着，便又打过来，伟便揉揉睡眼，继续陪着聊起来。

为随时联系，他俩约定，不再关机。

一天晚上，伟打冰手机，冰的关了。伟好失落好惆怅，通宵没有合眼。

第二天问冰，冰说手机没电了。

又一天打过去，冰手机又关了。伟好纳闷，心隐隐作痛。

第二天问冰，冰说下乡了，那里没有信号。

过了一段时间，冰竟然停机了。伟急急的慌慌的，真怕冰出事了。

伟心急如焚地跑去，冰很愧疚地说：对不起，我辜负了你的情意，我已经恋爱了。伟感到眼前的世界突然坍塌，心也好像被剜去。

爱之门悄悄关闭，但伟不怨天尤人，他知道有缘不一定有分，有情不一定有爱。他说只要付出了真心，即使最后收获的是失望和伤感，但过程也是甜美和幸福的。

他的手机依然整天开着，特别是夜深人静时，他希望手机能突然响起来，听见一种夜来香般的声音，刹时点亮满天忧郁的星星。

一晃两年过去了。一天夜里，伟手机突然响了，一看，是个陌生号码，一听，竟是冰。冰感伤地说，半夜贸然来访，影响了你休息，真不好意思。有些话本不好对你说，但一想起你以前是我忠实的听众，便又鬼使神差地打来了。冰说她最近心情糟透了，为一些鸡毛蒜皮的事经常吵架。刚才手机聊晚了点，男朋友就不耐烦了，说明天还要上班呢，这些不油不盐的话不要钱的吗？你如果睡不着，就发信息给我吧。冰伤心地打住，但没等她"再见"完，男朋友就关机了，冰的心也一下子凉了。冰说到这，停了下来，无语凝噎。伟赶紧安慰，说不是冤家不聚头，小吵小闹是正常的，等过了这段性格磨合期，爱情就会柳暗花明的。

夜渐深了，两人互道"再见"，但这次冰没有先关机，而是悄悄聆听着那端的静寂。

过了一会，伟的声音传了过来，你怎么还不关呀？

冰声音涩涩的，为什么要我先关呢？

习惯了，伟平静地说，听着你先关，就像看着你回家，这样才放心。

但后关机的人总是有些失落和伤感的。冰声音有些颤抖。

只要你开心，我愿意把这种感受留给自己。伟的话波澜不惊。

冰不敢听下去了，赶快把手机关掉，任泪水悄悄滑落。

又一天深夜，冰打电话来，泣不成声，说今生已是无缘，但求来世再续。伟的心一颤，忙问出了什么事，但冰很快关机了，再打也不接。

伟心急火燎地赶去。

次日冰醒来，看见伟站在病床边，轻轻捏着她的手，满脸倦容，满眼怜惜。冰的眼睛红了。

原来冰失恋了，确切点说是被男朋友甩了，冰一时想不开，把一把安眠药塞进了嘴里。临死前，她想起两个人，一个是可恨的男朋友，但一打去还是关机；另一个是有愧的伟，不想伟救了她。

冰感激地望着伟，同时又不解地问：那天深夜，你是不是忘了关机？

伟淡淡地说，这些年来，我已经习惯了，手机一直为你开着。

冰紧紧抓着伟的手，抑制不住哭了，泪水悄悄濡湿爱的记忆。

冰终于明白，不能耐心听完她"再见"，不能一直为她开机的人，不是一生的守候者。

　　原来爱情有时候就是这么简单，一种习惯，就能证明一切，就能温暖一生。

去局长家钓鱼

贾局长的住房很大，一共四层。底层有一个很大的露天后院，砌了一个很大的鱼池。

贾局长喜欢钓鱼，平时节假日就邀上同事朋友一起下乡钓鱼。一钓几十斤，活蹦乱跳的。一时吃不完，只好养在池里。

贾局长经常下乡垂钓，再加上有些人时不时送鱼来，池里的鱼就越来越多。吃又只家里这几张嘴，拿出去卖又影响不好。鱼隔三差五缺氧死去，让人犯愁。

一个星期六，贾局长打电话给办公室主任小郑，又邀他钓鱼。小郑问，这次去哪个乡镇钓鱼呢？贾局长说，这次不下乡镇，就在我家钓鱼。小郑愣了半天说，什么？在你家怎么钓鱼？贾局长笑着说，别磨嘴皮了，你过来就知道了。

小郑急急赶到贾局长家，看见贾局长在二楼后边的走廊里，坐在一把靠背椅上，把钓竿伸到一楼的鱼池上，铒钩垂直没入水里，浮标正在一个劲扯动，好像有鱼咬钩了。

小郑解开渔具，笑着说，局长大人真图省事，竟在自家摆起了战场。贾局长认真地说，郑主任呀，我是一局之长，你也是中层干部，我们经常下去麻烦人家不好。其实我们的乐趣不在鱼而在渔，我们不能为了渔而影响自己的形象吧？以后我就买点鱼养在池里，你如果手痒了就过来解解馋，怎么样？小郑忙点头，说好的好的，谢谢领导的关心！

不一会儿，小郑就钓了一网兜鱼。小郑说，局长，这网兜装不下了，是给你放回鱼池呢，还是提到你家厨房剖肚？贾局长笑着说，小郑呀，你傻呢，钓伤的鱼还能放回鱼池吗？我家这几张嘴能吃这么多鱼吗？你陪我钓这半天了，你提回去吃吧，也好给你老婆有个交代。小郑为难地说，你这么贵的鱼，一网兜几百元呢。贾局长笑着说，小郑呀，你还这么见外，同事间谈什么钱呢，不就是几条鱼吗？小郑迟疑了一下，感激地提走了。

　　下一个星期天，小郑又来贾局长家钓鱼。很快钓了一网兜，贾局长又叫小郑提回去。小郑临走前掏出一个红纸包，塞给贾局长。贾局长一挡，说小郑呀，你这是啥意思？不就是几条鱼吗？小郑说，这些都是局长买来养的名贵鱼，一网兜几百元呢，上次一网兜我都白吃了，这次这点钱如果你不接，那这鱼我就不好意思提走了。说完又往贾局长手里塞。贾局长生气似的说：小郑你真是越来越生疏了，这次我收下算了，下不为例呀。小郑笑了笑，说我知道呢，就提着鱼走了。

　　又一个休息日，一个包工头打电话给贾局长，说领导有空去钓鱼吗？贾局长说我在家钓鱼呢。包工头一愣，说，什么？在家钓鱼？你该不是忽悠我吧？贾局长笑笑说，今天又不是愚人节，谁忽悠你呀，不信算了。包工头忙赔笑说，信信信，我马上过来。

　　包工头很快来到贾局长家，看见小郑陪着贾局长在二楼钓鱼。包工头笑着说，局长真想得周到，竟把鱼池搬到了家里。贾局长说，下去钓鱼日晒雨淋，车马劳顿，在家里既过足了钓瘾，又放松了身心，何乐而不为呢？包工头甩下钓钩，说领导终究是领导，思想意识超前呀。

　　包工头很快钓了一网兜鱼，他高兴地说，我家正准备接几桌客，正差这点鱼呢。贾局长说，尽管提去吧，我家里也吃不过来。包工头提起来掂一掂，说好沉呢，这么贵的鱼，一网兜值不少钱吧？贾局长说，咱们兄弟还谈什么钱呢，不就是几条鱼吗？包工头笑着说，那恭敬不如从命，我就提走了。包工头临出门时，把一个红纸包放在沙发上。

　　后来，来贾局长家钓鱼的人越来越多。二楼走廊不很宽长，有时钓的人一多，把走廊都围满了，碍手绊脚，不好活动。但大家兴致不减，一边垂钓，一边抽烟、喝茶、说笑。有时走廊实在挤不下，一些姗姗来迟者只好在客厅等。看见有的人提着鱼走了，就急急挤进去接班。

　　几年后，贾局长受贿被人告发，帽子被摘了，一直赋闲在家。每逢双休日，再也没有人来邀他钓鱼了。他有时不自觉地走到二楼走廊，看见钓竿躺在角落里，沾满尘灰。下面的鱼池也没有鱼了，只剩下半池死水，散发着腥臭。他觉得自己就像被别人钓起来的鱼，正吊在空荡荡的走廊上，被风渐渐吹干。

一个周日，贾局长又望着鱼池发呆，突然客厅电话响了，是小郑打来的。小郑已经坐上了贾局长的宝座，成了郑局长。贾局长说，小郑呀，叫错了不好意思，是郑局长呀，请问有什么事吗？郑局长说，老贾呀，不好意思叫错了，是贾局长呀，请问小贾在家吗？小贾是贾局长的儿子，在郑局长手下谋事。贾局长忙笑着说，找小贾呀，真不巧，他带孩子出去了，请问有事吗？郑局长迟疑一下，说，也没什么事，我只是想约小贾钓下鱼。贾局长说，请问去哪钓鱼呢？郑局长说，就在我家。贾局长愣了一下，说，什么？在你家钓鱼？郑局长说，是呀，这样不好吗？贾局长忙赔笑说，好好好，如果你不介意，我过去陪你钓怎么样？郑局长说，老领导亲自来，我蓬荜生辉，热烈欢迎呀。

贾局长挂了电话，赶快拿起渔具，径直往外走。但刚跨出门，又好像忘了什么，急急返了回来。

贾局长揣上一个红纸包，苦涩一笑，向郑局长家走去。

割 路

那年师范毕业，我无奈地背起包裹，去白云小学报到。

白云小学位于高山之上，不通路，不通电，不通邮。山下老师都望而生畏，偶尔有个把倒霉蛋分去了，也只是教个一年半载，就拼死拼活调下来。

来到山脚下，仰望莽莽苍苍的白云山，不禁心发憷，腿发软。我强打精神，走上一条羊肠小道。两边草深林密，长满茅草荆棘。没走几米远，手就被划了几道血痕，衣服也挂了几个口。我踉踉跄跄，沮丧极了。但很快越走越开阔，越走越敞亮。仔细一看，路好像被人割过，两边倒伏着新鲜的杂草。我加快脚步，汗流浃背上到山顶，发现一个五十多岁的中年人，领着十几个小孩，正在迎接我。小孩衣服打着补丁，每人拿一把柴刀，手脸划着血痕。他们微笑地望着我，一齐大声喊："吴老师好！"中年人一见我，急急放下柴刀，大步迎上来，一把握住我的手："吴老师，欢迎欢迎，像你这样的科班人才，我们真是盼星星盼月亮呀。"那双手像松树皮般粗裂，把我的手握得生疼。

中年人就是白云小学朱校长。他是个民办老师，在这里教了二十多年。本村还有一个与他一起教书，撑了几年后，受不了这个罪，出去打工了。本地一时找不到合适人选，就让我来锻炼锻炼。

白云小学是所完小，复式班教学。我与朱校长每天连轴转，没有一节空堂。一天下来，口干舌燥，骨头像散了架。晚上，学生回去了，我们点盏煤油灯，伏案备课。有时天热，蚊子嗡嗡叫，一抓好几只；有时起风，房子千疮百孔，尘屑簌簌往下掉；有时月朗星稀，野兽又像厉鬼高一声低一声叫，让人毛骨悚然。周围没有一点人声，没有一点亮光。

学校孤零零的，被遗弃在荒山野林中。

一天晚上，朱校长敲开我的门，把一部旧收音机放到我桌头："晚上难挨吧，听听这个破匣子吧。"我连忙推辞："还是你自己听吧，这可是你多年的宝贝呢。"朱校长笑笑："你年轻，听听好。我在这里蹲了多年，习惯了。"朱校长说完走了。我拧开收音机，沙沙噪响，但也很是欣慰。

偶有闲暇，朱校长就拿着那把柴刀，端着一瓢冷水，向操场一角那块磨刀石走去。他用手浇水湿润石面，再侧着刀来回磨，轻柔缓慢，像打磨一件玉器。磨了一会，他就浇水清洗刀面，看是否锃亮，再用手抚摸刀锋，看是否锋利。刀磨好了，在阳光下，闪着白光。有时我晚上睡觉了，也会听见外面的磨刀声，沙沙沙响，像一首催眠曲，伴我入梦。

每天天蒙蒙亮，我还躺在被窝里，就听见外面学生叽叽喳喳。我起来一看，原来是朱校长接学生上学来了。他拿着柴刀，头发凌乱，裤腿和解放鞋都被露水浸湿。他笑着对我说："路上杂草长得疯，一天不割，就成了拦路虎。"

我与朱校长一起吃饭，油盐是他从家里拿来的，米是他帮我买的，菜都是他在学校后山种的。生活虽然清苦点，但也有种家的感觉。有时憋得慌，放假回去一趟，朱校长就拿上柴刀，为我割割路，送我下山。等我上山返校，他又把路割好，早早在路上等我。

一天，白云村的村长来到学校，递支烟给朱校长："现在村里劳力都出去打工了，明天有个领导上山来检查工作，请你带几个学生去割下路，怎样？"朱校长问："哪个领导？"村长说："乡长，白云村几十年还没有来过乡长呢。"朱校长说："快期末统考了，没时间。"村长说："最多半天，能耽误学生几个字？"朱校长说："越是乡长，就越不能去割路，也要让乡长尝尝我们的苦头，感受下钻林挂刺的滋味。"村长好说歹说都说不动，气鼓鼓地走了。

那天黄昏，朱校长从山下开会回来，脸上绽着微笑，还破天荒买了一瓶酒、两斤肉、几块豆腐、几两花生。一阵锅唱铲响，摆了一桌子菜。朱校长倒好两杯酒，笑着对我说："你平时滴酒不沾，今天也要陪我喝一杯。"我说："你不是也滴酒不沾吗？今天是啥喜事把你乐成了这样？"朱校长说："最近上级出台了一个政策，说民办老师年轻的可以考试转正，像我这样年纪大的满 30 年教龄也可以转正，我 30 年只差一年了，苦媳妇总算熬成了婆。"朱校长声音有点哽咽，眼睛闪着泪光。朱校长端起酒杯，与我一碰，一饮而尽。几杯酒下肚，朱校长倚在桌上，不能动了。只有脸上，还漾着微笑。

又开学了，直到上课，还没有看见朱校长，只看见村长一个侄子。一打听，才知道朱校长被村里辞退了。

过了两天，朱校长来了，我差点没认出来：白发像一堆杂乱的草，脸庞像一张揉皱的纸，眼睛像两个下陷的洞，比原来好像老了十几岁。朱校长把包裹整理好，把房间打扫干净，准备走。我拿上收音机，急急送去。朱校长嗫嚅着："我现在不教书了，不需要再听了，你还是留着吧。"我说："我准备买部新的。再说，它陪伴了你这么多年，你也好作个纪念。"朱校长不再推辞，微颤着接了过去。朱校长从墙上取下那把柴刀，抖索着递给我："我也没有其他东西，这个给你做个留念吧。以后我不能再接送你了，你自己也好割割路。"我接过柴刀，背转身，泪水夺眶而出。

一学期总算完了，我如获大赦，挑着行李，急急下山，发誓再也不来了。

走不多远，突然发现前面的路修过，变成了石块水泥砌成的台阶。路上还有一些村民，正在忙着平基和泥搬石头。仔细一看，还有朱校长。我来到朱校长面前："这是乡里还是村里出钱修的？真是行善积德呢。"朱校长拍拍手里的泥巴："不是乡里也不是村里，是我出的钱。"我一惊："你家那么困难，哪来这么多钱？"朱校长憨厚一笑："村里辞退我时，把拖欠了七八年的工资跟我结了。我总算把这块心病解决了，孩子上学再不需要割路了。"他如释重负吁了一口气。

我望着朱校长，一时无语。

这一刻，我改变了主意……

李老汉种田

一开春，村里的青壮年又浩浩荡荡出去打工了，只留下几个老人小孩在家守着。村子显得空荡荡的，减了不少生机与活气。

临出门，大柱一再叮嘱李老汉说："爸，咱家那点田今年也不种了，你都奔七十了，也该在家享下清福了。现在家里不愁吃不愁穿，你还操那份心干啥呢？"

李老汉叹口气，说："人老了，身子骨也不听使唤了，连个犁把都扶不稳了，你放心出去吧，田不种算了。"

话虽这么说，但李老汉还是放不下那点田。那是一丘八分田，靠近山边，落在水尾，雨多就涝，天干就旱，经常歉收。李老汉踱到自家田边，向远处望去，两三百亩的田畈，灰沉沉的一片，见不到一丝绿色和生气。只有几只饿极了的麻雀，在枯烂凌乱的谷草堆里跳来啄去，寻觅食物。李老汉的心也像被麻雀啄了一嘴，隐隐作痛。他想到了往年，这个时候，这里早已布谷声声，犁耙水响，人来人往，忙着插秧了。为啥有了工打，田就不种了呢？李老汉心里乱乱的，就像田里的谷草，一时理不清。他蹲在田埂上，默默吸一会儿烟，脉脉望下自家田，回去了。

第二天，李老汉颤巍巍地牵着牛，扛着犁，来到了自家田边。

一个星期后，李老汉去邻村一个亲戚家，借来几担秧，把田插上了。

秧插好了，李老汉腰酸背疼，头晕眼花，不住呻吟，病倒了。

李老汉躺了几天，病还没好干净，就硬撑着一根木棍，晃到田边。他要看看秧水的深浅，苗长势如何，有没有发虫。如果水深了，他就扒开水口放一点，如果长势慢，他就买来肥料撒一些，如果发现了虫，他就赶快掺兑农药喷洒，就像女人喂养自己的孩子，细心而殷勤。

渐渐，秧苗越长越绿，越长越亮，越长越高，越长越壮。李老汉皱纹舒展开来，露出了笑容。他好像看见不远的秋天，眼前一片金黄，一株株稻穗颗粒饱满，沉甸甸地垂着。

但就在抽穗灌浆时，一场病虫害突然袭来，一夜之间，稻谷全蔫了，喷洒农药都无济于事。李老汉也像谷一样蔫了，一下子倒在了床上。

年尾，大柱回来过年，他得知他爸种田的事，就又劝道："爸，看你忙累一年，耗钱费力颗粒无收不说，还把自己折腾得皮包骨头，我打一月的工，够你吃几年的米呢，你这是何苦呢？"

李老汉蜷在沙发里，耷拉着头，默默吸着烟，像一个做错事的孩子。他最后叹息一声，像下定了决心似的说："明年这点田请我也不种了，吃力不讨好，从人嘴里讨饭容易，从虫嘴里讨饭难呀。"

第二年开春，大柱刚走，李老汉好像又忘了自己说的话，又把那丘田插上了秧。秧苗绿油油的，微风拂来，轻轻摇曳，就像田畈上孤寂的舞者。

但人算不如天算，那年恰逢天干，一连三个月没下雨，人都没水吃了，自然田也干裂了缝。眼看就要到手的谷，不想这么快就变黄变枯，用火一点就能烧着。李老汉的心碎了，头发一夜全白。

年底，大柱回来过年，自然又少不了一些埋怨。李老汉也不接话，默默吸一会儿烟，就把犁耙拆了，砍成一片一片的，投进了灶膛。

翻过年尾，大柱又出去打工了。李老汉去田里转悠了几次，又鬼使神差地借来犁耙，把田种上了。

开春雨水多，暴雨一冲，一处渠道塌了方，无法为田送水。李老汉挑箕扛锄，跟跟跄跄赶去。他一个人和泥浆，搬石头，砌渠道。他忙一阵，累得气喘脸白，只好歇口气，揩把汗，接着再干。他颤抖着搬一块大石头，刚搬到齐胸高，不料脚一滑，手一软，人一下栽倒在地，石头重重砸在胸脯上，顿时口吐鲜血，昏死过去。

等大柱赶回家时，李老汉总算醒了过来。李老汉拉着大柱的手，吃力地说："柱儿呀，为种那点田，你可能还在埋怨我。但你知道不，我如果听了你的话，我就对不起你爷爷。你也许不知道吧，咱家那丘田田地到户时是分给你黑牛叔的，这是八分水尾砂粒田，旱涝多不说，还不养

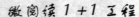

谷，但你爷爷硬是拿出自家一亩好田把它换了过来。村里人都说你爷爷傻呢。你没听说吧，这丘田原来是一座小荒山，是你爷爷带着我，白天在生产队做事，晚上就一锄一锄地挖，一担一担地挑，前后挖断了十几把锄头，挑破了十几担篓箕，才造成的。那时你们兄弟姐妹都小，家里挣粮的手少，吃饭的嘴多，寅时先吃卯时粮，吃了上餐愁下餐。你爷爷见你们饿得骨头刺破皮，抱着肚子哭，只好偷偷造田。田造好后，只收一季谷，就被人告发了。你爷爷被抓去，戴着高尖帽，游街批斗。你爷爷脾气犟，不认错，被打成内伤，经常咯血。临死前，你爷爷要我把他葬在咱家田边，他说要一直陪着那丘田，看着那丘田呢。"大柱听完，紧紧抓住他爸的手，不住颤抖，泣不成声。

年底，李老汉撒手走了。临死前，他对大柱说："把我也葬在咱家田边，我想陪下你爷爷，也想看着咱家那丘田呢。"

第二年开春，大柱再没出外打工，他买来种田的机械，不仅种上了自家田，还把村里抛荒的田租来，一齐插上秧。

割谷时，大柱盛上两碗新谷米饭，端到他家田边的坟前，他要让他爷爷和爸爸，也闻闻新谷米饭的清香。

找个写信的爱人

柳诗长得清秀而温婉，就像她的名字一样，让人过目难忘。

柳诗在一家合资公司上班，工作忙但薪水高，属白领阶层。

柳诗工作好几年了，一切顺风顺水，就是还没有男朋友。

柳诗不是没有谈男朋友，她前后谈了几个，但最后都谈散了。

柳诗前后谈了三个男朋友，各方面条件都不错，也算郎才（财）女貌，门当户对。但双方相聚时间少，思念时间长，主因柳诗值夜班，白天休息，而对方上日班，晚上休息。阴阳错乱，晨昏颠倒，自然错过了许多花前月下，卿卿我我。

为合理解决这个问题，三个男朋友都提出了各自的想法。

第一个男朋友说，以后我打你电话吧，在电话里虽然不能一睹你的花容月貌，但能听见你夜莺般动听的声音，我也知足了。柳诗打断说，这样不好，我们公司管得很严，上班时间不允许闲聊。还是这样吧，你以后写信给我。男朋友一愣，说，写信？她嫣然一笑，说，这样不好吗？鸿雁递书，鱼传尺素，不是很浪漫很典雅吗？男朋友陪着一笑，说好是好，就怕工作忙，有空就写吧，说完就走了。柳诗后来没有收到来信，也很少接到电话，这段感情也就画上了句号。

第二个男朋友说，我俩以后上QQ吧，在QQ里不仅能看见你的一颦一笑，还能无拘无束地聊些开心的话题，一举两得呢。柳诗提醒说，我们公司管理严格，上班严禁网上聊天。我喜欢你写信给我，怎么样？男朋友一怔，说，什么？写信？她莞尔一笑，说，对呀，"玉珰缄札何由达，万里云罗一雁飞"，这样不是更有情致更让人怀想吗？男朋友说，现在都是网络信息时代了，谁还玩这些老土的东西，我都多年没拿笔了，只怕石碾也压不出几个字。柳诗后来也没有收到来信，交往也越来越少，自然这段感情又无疾而终。

第三个男朋友说，我以后发电子邮件给你吧，把我的思念以最快捷的方式送给你。柳诗抱歉说，真不好意思，我还没有申请邮箱呢，再说我们公司也不能以网谋私。如果有时间，就写信寄给我吧。男朋友一颤，说，什么？写信？写书信？她羞涩一笑，说，那不叫书信，那叫情书，"长江不见鱼书至，为遣相思梦入秦"，鱼书不也能勾起绵绵情思吗？男朋友有点不解，说，看你表面阳光时尚，骨子里还蛮传统的，纸质时代已渐行渐远，书信这玩意，怕只能去老皇历里翻，去马王堆里找呢。自然，柳诗后来没有收到什么情书，这段恋情也慢慢走到了尽头。

柳诗连遭打击，很长时间郁郁寡欢，茶饭不思，神思恍惚。毕竟，她对恋爱是认真的，她为此付出过真情，放飞过梦想。

痛定思痛，柳诗在内心也进行反省。三恋三败，难道都是对方的错吗？难道自己没有责任吗？也许自己某些观念实在比较守旧，某些要求实在比较偏执。她不住自责，心隐隐作痛，泪水悄悄出来了。

流年似水。一天，柳诗揽镜梳妆，竟发现眼角有了鱼尾纹，头发也白了几根，不禁伤感顿生，并伴有慌慌的感觉。她暗下决心，尽快从那些不合时宜的想法走出来，遇到合适的人选，再也不奢望"云中谁寄锦书来"了，只要把自己尽快嫁出去，免得人家说三道四，就可以了。

柳诗很快又恋爱了，对方叫杨歌，除了人真诚善良上进外，其他条件都不怎么好，让她一时犹豫不决。

那天，柳诗望着窗外，百无聊赖。她突然收到一封信，便急急拆开，里面露出粉红色的信纸，并飘逸一丝久违的薄荷的清香。她眼睛一亮，精神一振，急急读起来。那一个个潇洒的钢笔字，一行行华美的词句，一缕缕缠绵的情愫，都纷至沓来，入眼入心，感同身受。她的手渐渐微颤，心慢慢乱跳，脸微微发热。她仿佛看见一个人，面带微笑，直直望着她，大声向她表白充满激情和才情的爱情。

这一刻，柳诗的心弦被轻轻拨动。她急忙找出几张信笺，沐着薄荷的清香，写了一封信，并附上一颗心，一起寄去。

柳诗和杨歌就这样相爱了。新婚之夜，柳诗问杨歌，你怎么想起跟我写信呢? 杨歌很幸福地说, 其实我以前也谈了几个女朋友, 但我跟她们写信, 没有一个回的, 于是都 byebye 了。我几近绝望地给你写信, 不想你回了, 你是唯一给我回信的女孩。杨歌也笑着问柳诗, 你怎么有雅兴跟我回信呢? 柳诗沉默一下, 说, 我大学时谈了个男朋友, 也像你一样给我写信, 他见我喜欢那种薄荷味的信笺, 那天晚上找了几条街去买, 不想过马路时被车撞了……

柳诗说着抽泣了起来, 脸上也有了泪。杨歌拥她入怀, 掏出手帕, 轻柔地揩。

过了一会, 柳诗又问, 你怎么知道我喜欢薄荷味的信笺呢?

杨歌一笑, 说, 你平时身上淡淡的薄荷味的香水, 就给了我答案。这种信笺还真难买, 我找遍大街小巷都没有找到, 最后还是托外地朋友带回的。

柳诗心一颤, 眼一热, 眼泪又悄悄出来了。

柳诗涩涩地说, 一缕荷香, 就能芬芳爱情, 就能温暖一生。今生能找个写信的爱人, 还有什么不能知足, 还有什么不能释怀呢?

夜深了, 两人相依相偎着, 进入了甜美的梦乡。

租　房

我搬家了，新房就在旧房对面。

我所在的新区很少有出租房，我在旧房墙上贴了张出租启事。

不久，电话就打进来了。对方好像是个小伙子，显得急切而又惶恐。

对方用夹有方言的普通话说："叔叔，我叫小李，我想租你的房行不？"

我说："当然可以。"

小李吞吞吐吐："我想租一个星期行不？"

我说："你别开玩笑，有谁这么租的？"

小李赶快说："那我就租半个月，行不？"

我不高兴地说："现在租房一租最少半年，且租金一次性付清，哪有你这个租法！"我挂了电话。

下午，电话又响了，又是小李打来的。我懒得接，一下掐断了。

过了一会，电话又执拗地响起来，我只好接了。

小李急着说："叔叔，我租一个月，只租一间房，少点钱，行不？"

我不耐烦了，大声说："你租一间房，那另外一间给谁？你该不是没事找事，故意骚扰吧？"

小李见我生气了，就急急恳求："叔叔，我错了，我就租你全套房，让我租一个月吧？为了租房，我受了冷眼，挨了责骂，我脚板跑大，好话说尽，也没有租好。我知道你是个好人，我求求你了。"

小李说不下去了，抽泣了起来。

我的心软了："你是干啥的？"

小李说："我是打工的，就在你们附近建筑工地提泥桶。"

我一下子想起来了，旁边确实有一个建筑工地，已经驻扎了好几年。我们这里住的房子，都是那些工人建的。

我说："小李，你别难过了，我答应租你一个月，你来领钥匙吧。"

小李很快来了，工作服糊满泥浆，头发乱得像鸡窝，皮肤晒得像黑锅底，一脸憨厚的笑。看上去，跟我读高中的儿子一样大。

我带小李看了旧房里面的摆设，交代了一些问题，就把钥匙给了他。

小李马上伸进衣袋，小心地掏出一大把钱：只有四张大团结，其他都是零钞。

小李红着脸，嗫嚅着："没整的，麻烦你数数，一个月的房租，800元。"

时令已是盛夏，酷热难耐。晚饭后，我出去散步，经过那个建筑工地。有时看见工人正在吃饭，小李也在一起。他们或蹲或站，围成一圈，中间放一只大洋瓷盆，一大盆青菜萝卜。他们大口大口扒着饭，大筷大筷挟着菜，狼吞虎咽，汗流浃背，有说有笑。

有时散步回来晚了，路过工地，发现工人睡了。有的打着鼾，有的说着梦话，有的磨着牙齿，伴着蚊子的嗡嗡声。

每次散步回家，我发现对面出租的旧房黑灯瞎火，没人住宿。次日白天，我又仔细观察，发现锁门关窗，仍没响动。

房子刚租十天，小李突然叫我去，先让我查看下房里的摆设，接着拿起床上的衣物，然后把钥匙递给我，说退房。

我板着脸说："你现在退房？咱俩可是有言在先的！"

小李赶快解释："虽然我只住了十几天，但我还算一个月。我爸这边的事已了结，我也急着要回去读书。叔叔，谢谢你，让我替我爸实现了一个心愿！"

我听得云里雾里。我说："你这房好像一直没人住呢?"

小李说："有人住呀。"

我说："谁住?"

小李犹豫一下说："我爸呢。你看，这是我爸的东西。"

我这才注意起小李的手上，那是两身洗得泛白的衣服，还打了补丁。还有一张放大了的相片，一个50多岁的中年人，胡子拉碴，慈眉善目，带着微笑。

我指着相片说："你爸看上去跟我年纪差不多，你说是他租房，怎么一直没看见他的人呢？"

小李身子一颤，眼睛顿时红了。他嘴唇翕动着，没有发出声来。他沉默了一会，好像下了很大决心，哽咽着说："我爸在这个工地打了六年工，除了供我们兄弟几个读书和补贴家用外，最主要的是想建一座新房。我老家的泥巴房裂了缝，豁了口，风一吹东摇西摆，尘灰簌簌往下掉。为早日攒够房钱，今年一放暑假，我爸也把我带来提泥桶。那天发工资，我爸一高兴，破例喝了两瓶啤酒，脸红了，话也多了。我爸指着身边张灯结彩的高楼大厦说，孩子呀，这些房子都是我做的，家家装修得像宫廷，人人活得像皇帝。孩子呀，你要好好学习，将来考个好大学，在城里找份好工作，也买套这样的房住住。你爸这辈子没出息，虽然做了这么多房，但还从来没有在这些房里住过。即使住上天把两天，我死也合眼呀。不想一语成谶，第二天，我爸在脚手架上砌墙，一脚踩空……"

小李说不下去了，泣不成声，泪水滴到相片上。

很快，小李用袖头揩揩，慌慌地说："叔叔，对不起，我瞒骗了你，我让我爸住你的房，让你的房变得不吉利。我再补偿你一点钱，行不？"

小李急急伸进口袋，掏出一把零钱。

我按住小李的手，红着眼睛说："孩子，你别再让你叔叔无地自容了。你爸为了建设我们的房子，建设我们这个城市，连命都奉献了，我怎么还要你的补偿呢？我怎么还要你的房租呢？"

说完，我拿出小李预付的 800 元租金，一下子塞进小李的衣袋里。

小李的脸涨红了，几次掏钱想把租金还给我，都被我一把按住了。

过了一会，我抚摸着小李的肩膀说："孩子，我有一个请求，你能把你爸的相片给我吗？"

小李望着我说："你要我爸的相片干啥？"

我涩涩地说："我要把你爸的相片挂在我家里，让你爸和我们生活在一起！"

小李颤抖着把相片递给我，哭了。

开 锁

强叔和英婶住两对门，一个老婆离了婚，一个老公死得早，都无儿无女，无依无靠。

强叔是锁匠，每天清晨挑着工具箱去街上摆摊，挑子有节奏地一颤一颤，上面挂着的钥匙圈丁零作响。黄昏时，他又挑着箱子回来，外加两把青菜几两烧酒，哼着小曲，蹒跚作步。

英婶是裁缝，每天早上挽着两个大包袱去街上做衣，到了小店，先揩下额头的汗粒，再解开包袱拿出衣料，开始一天的工作。天擦黑了，又把做好或没做好的衣料装好带回家，一路趔趄，气喘吁吁。

强叔衣服破了，就找英婶。有时是手袖划了一道口，英婶不仅把口子缝好，还把松了线头的纽扣也补牢；有时是衣袋挂了一个洞，英婶不仅把洞缝补实，还把衣上的污渍洗净晾干，再用电熨斗烫得平平展展。强叔便多掏几个钱，但英婶一个子儿也不接，笑着说咱俩门向户对的，还客气个啥，平时谁没点把难处，一点针线活举手之劳呢。强叔也不好勉强，就收好钱拿着衣服很感动地走了。

强叔黄昏回来，有时看见英婶挽着两个大包袱，很吃力地挪着，但街上人多，他不好上前。等拐进人少的小巷，他就向前紧追几步，一下接过两个包袱，挂在挑子两头，提前快步走去。到了家门口，他就把包袱取下，等英婶。英婶回了，很感激地说，你真是个好人，看把你累的，连额头都出汗了。强叔笑着说，远亲不如近邻，近邻不如对门，这点力气活又算个啥呢？

一天强叔回家，看见英婶站在门口，门关着，一脸沮丧。强叔上前问，怎么啦？英婶叹口气，说大门钥匙掉了，进不去了呢。强叔笑着说，叫张飞穿针，那是大眼瞪小眼，可叫锁匠开锁，那不是打到了拳路吗？强叔很快拿来尖嘴钳和铁线，几戳几夹，吱呀一声，门便开了。屋里黑灯瞎火，冷锅冷灶，凄然寂然。英婶拉亮灯，笑着说，若不是你救急，今晚要饿肚不说，还不知在哪里过夜呢。强叔边装锁边说，小事一桩，何足挂齿，过下子为你锉把钥匙就是了。强叔装好锁，英婶搬来椅子端来温水拿来毛巾，说忙累了，先坐下歇歇，我去做饭，晚上就在我这吃算了。强叔急急拦住，说不了不了，你这样客气就见外了，我家有现饭现菜，一热就是呢。英婶不好坚持，说恭敬不如从命，那随便你了，真不好意思的。强叔说哪里哪里，就胡乱洗下手，急急走了。

过一些时日，英婶来找强叔，吞吞吐吐说，看我这丢三落四的，今天又把内门的钥匙掉了，又想麻烦下你，真说不出口的。强叔立即拿起工具，去了英婶家，袋把烟工夫，内门打开了。强叔这时看清了英婶家，家具摆得错落有致，被子叠得整整齐齐，锅灶擦得光光亮亮，地上扫得干干净净。强叔长叹一声，感慨地说，你家真清爽整洁，而我家却像个狗窝，有女人的家才像个家呀！英婶脸一红，看着强叔说，哪里哪里，男人才是顶梁柱，男人才是主心骨，有男人的家才像家呢！强叔脸也红了，赶快岔开说，你先忙，我回去为这门锉个钥匙。英婶说麻烦你等下，便急急掏出一个钥匙，说这是你上次锉的大门钥匙，我丢东掉西惯了，麻烦你拿去锉两套大门内门的钥匙，拿一套放在你那里，以后如果再丢了，就去你那里拿，免得再麻烦你开锁。英婶直直望着强叔，清纯而热烈，羞涩而期盼。强叔愣了一下，好像明白了什么，心一个劲乱跳，结巴着说，那好吧好吧。

又过了一段时间，强叔发现英婶好几天没去做衣，一打听，病了。强叔那天做事老走神，有时把锁心夹破了，有时把钥匙锉豁了。晚上回家，强叔买些瘦肉和墨鱼，放在砂罐里，用文火慢慢熬，香气扑鼻。次日黄昏，强叔舀一洋瓷碗，端出门去。英婶的门锁着，强叔连敲十几下，里面也没有响动，肯定躺在内房听不见呢。强叔想起了那挂钥匙，便急急返回，又急急出来，但两个钥匙试了好几次，都打不开。强叔很纳闷，钥匙明明是自己锉的，怎么打不开呢？肯定是英婶把门锁换了。强叔的心一颤，一沉，一冷。强叔踉跄着端回肉汤，一下全倒在砂罐里，一口也没吃，躺在了床上。

一晃几十年过去了，英婶和强叔渐渐老了，老在了形单影只凄风苦雨的生活中，老在了世态炎凉两鬓霜雪的沧桑里。那天，英婶一病不起，强叔拄着手杖去看望。英婶倚在床上，一身皮包骨，强叔眼红了。英婶的脸惨白转红，嗫嚅着说，谢谢你来看我，你还记得我交给你保管的钥匙吗？其实我们俩后半辈子可以活得更好些的，可你怎么一直不打开我的门呢？强叔脸也红了，微颤着说，那次你病了，我想端碗肉汤给你喝，不想你换锁了，我没打开。说罢，抖索着从衣袋摸出两个钥匙。英婶喘着气，急着说，怎么会呢，我的锁一直没换呢。说完，也抖索着从床头摸出两个钥匙。强叔拿到大门一试，自己的两个仍然打不开，而英婶的两个都打开了。强叔突然揪紧头发，长叹一声说，都怪我当时糊涂呀，竟把大门两个钥匙都给你了，而我两个都是内门的。

强叔倚着床头，颤着身子，不住自责，流下泪来。

英婶又抖索着从床头摸出两个钥匙，羞红着脸说，强哥，其实我一直在骗你，其实我的钥匙一个也没丢，这就是我原来的钥匙呢！

强叔哭了，他抚着英婶的手，颤抖着说，英妹，是我不好，辜负了你！我修了一辈子锁，到现在才明白，有的锁用钥匙是打不开的。

包黑子

黑叔是个石匠，长期在外日晒雨淋，撬钎挥锤，大热天还光着膀子干，脊背便晒得像抹了一层黑漆，都照得见人影了，他又长我一辈，我就这样称呼他。

村里也有人叫他包黑子，不仅因为他黑不溜秋，还因为他像包拯一样正直。平时左邻右舍有点把口角是非，都要请他去做个中人，分个是非曲直。黑叔读过一些老书，评起理来引经据典合情合理不偏不倚，双方听得脸红耳热心服口服，最后都尽释前嫌和好如初。

黑叔最为人称道的当然还是凿碑。他先从深山选好不易破损的石料，再按照需要敲方凿圆，接着把正面打磨平展光滑，然后在上面画上方格线，准备写碑文。碑文是主人拟好，黑叔写上去的。黑叔练过书法，他知道颜筋柳骨张癫素狂。他面色凝重，屏声静息，一个字一个字慢慢写，一笔一画都力透碑背，饱满流畅。他用小凿凿碑，尘灰弥漫，碎屑四溅，有时不小心硌伤了腿，但他依然快慢适中用力均匀，就像在雕琢一件珍宝。每次凿好一块碑，他就脸色惨白，有气无力，腰酸背疼，要躺几天床。他经常说，坟墓是死者的家，墓碑是死者的大门，而碑文就是死者的门牌，如果不把每个字凿好，怎么能让死者安息呢？

这一带也有几个凿碑师傅，但乡亲们请得最多的还是黑叔。黑叔热心肠，有求必凿，但有时也凿出一些意外来。

村里李老汉死了，他三个儿子请黑叔凿块碑。碑很快凿好，竖起来一看，上面书"故考李公志强大人之墓"，以及生卒年限，很是满意。但一看下面落款署名，就不禁傻了眼，原来李老汉女儿碑上有名，且名列前茅。我们这里有个老传教，嫁女如泼水，女身外向，是不能上娘家谱、刻娘家碑、进娘家祠的。三个儿子愤愤不平，大声质问，我拟的碑文是这样的吗？你怎么能擅作主张呢？你还想不想吃这碗饭的？黑叔先微微一笑，后沉着脸说，你爸中风倒床这几年，请问是谁把他像烂皮球一样踢来踢去，不尽孝道？最后又是谁一匙汤一匙饭地喂，一把屎一把尿地洗，直至送终？三个儿子羞愧难当，脸红一阵白一阵，额头慢慢沁出了汗粒，只差没有地缝钻进去。

村里有个教学点，张老师一个人在这里教民办，他妻子难产死得早，以后再也没有找个伴，一生无儿无女，凄苦孤寂。张老师那天心脏病发作，倒在了讲台上，再也没有起来。村民自发凑了一些钱，买了一副棺材，把他抬上了山。一个星期后，黑叔凿了一块碑，很高很大的碑，请几个人抬去，立在张老师坟前。上书"恩师张青松之墓"，落款"白云小学全体学生"。以后每年正月半和清明，坟前鞭炮声声，香烟袅袅，比张老师生前热闹了些。

一天，村长铁柱找上门来，说他爸过世了，想凿块碑。他爸也是老村长，铁柱是他爸的接班人。那天老村长的葬礼很是风光，小车穿梭，宾客盈门，让旮旯人大开了眼界，也为铁柱挣足了面子。立碑之时，铁柱发现碑文错了，他爸的名字"徐忠民"竟成了"徐中民"。铁柱顿时脸黑得出水，点着黑叔的鼻子，破口大骂，你这黑鬼，是老糊涂了，还是瞎了眼，竟把"心"字凿落了？黑叔先沉默不语，然后大声说，你骂我可骂错了，你知不知道，有好多村民背后骂你爸呢，骂你爸当村长时挪用扶贫资金，私分救济物资，这"心"是我凿落的吗？分明是你爸自己弄丢了呀！铁柱先是浑身发抖，继而脸露愧色，最后默默地把碑立上了。后来，铁柱为村里做了好多实事，连续几年被评为优秀村干部。

黑叔年纪越来越大，不想他儿子狗娃有了出息，官也越做越大，最后竟成了一县之长。黑叔有时卧床不起，狗娃开着小车回来看望，不想身后也跟来一群人，纷纷给黑叔塞红包，说让黑叔去买几斤肉吃，不成敬意。每次黑叔不接，但狗娃还是接了。黑叔便板着脸，对狗娃不理不睬。黑叔那天为自己凿好碑，撒手就走了。狗娃为他爸立碑时，发现落款又有点出入，他两个弟弟凿的都是学名，而他凿的是奶名——狗娃。狗娃心一颤，脸一热，双腿一软，跪倒坟前，号啕大哭起来。后来，狗娃变了，变得清正廉洁，勤政为民，深受百姓爱戴。

黑叔在世时，村里移风易俗，改变陋习，渐渐变得民风淳朴，邻里和睦，勤劳致富，安居乐业，不仅连续几年被评为综治先进村，大部分农户也评上了"十星"。有时村民聚在一起，闲聊往事，就情不自禁地说，金杯银杯，不如群众的口碑，更不如包黑子的石碑呀！

黑叔走后，村里不管哪个后生学凿碑，开张之日，都要带上祭品，来到黑叔坟前，放炮烧纸，三跪九拜。

村民都说，除了包黑子，还有谁真是凿碑师傅呢？

传递清凉

工厂倒闭了，拆除了，工人都作鸟兽散。

厂子后面有三间破平房，还有三家无路可走，只能蜗居在这儿。第一家是张梅，丈夫去世得早，她扫一段大街，与女儿相依为命；第二家是刘武，老婆早就跟人跑了，他平时捡捡破烂，供女儿上学；第三家是李老汉，六十多岁了，孤寡一人，靠拉板车过日子。

那年的夏日热得特别早，还没到七月，就像进入了三伏天，让人坐卧不宁。

张梅的女儿赵丽，正读初三，晚上九点下自习。一进门，就像进了蒸笼，一下子被热气围着。她先冲个凉，再摆好桌子，准备做作业。很快，汗又出来了，心依然堵得慌。她拿来大蒲扇，一个劲地扇，稍微舒服了些。她开始动笔，但蚊子又围了过来，黑压压一片，嗡嗡嗡地响，时不时叮她一口，使她烦躁不安。她做完睡觉，依然不停地摇着扇，但汗还是源源不断地沁出来，蚊子也不依不饶地钻进破蚊帐，等她一眯眼就咬一嘴，让她彻夜无眠。

次日中午吃饭，赵丽的头耷拉着，眼皮撑不开，昏昏欲睡。

"闺女，咋啦？"

"昨晚热，一宿没合眼呢。"

"这天气是要命，我也没睡好。"

"妈，我们班的同学家家都有风扇，有的还买了空调，我们家也去买一台风扇吧？"

"闺女呀，咱这穷人家怎么能同别人比呢？我们隔壁两家不是也没有风扇吗？不过你中考只十多天了，是不能影响你的学习和休息。今天我上街，看有没有便宜点的。”

黄昏时，张梅回了，提着一台新风扇。

晚上做作业，赵丽一按开关，扇轮骨碌碌转起来，风呼呼吹开了。风还是有点热，但人已凉快了许多。汗也很识趣，减了不少。蚊子被吹得近不了身，只能在一边干号。赵丽收起笔，把风扇移到床头，不想很快睡着了，还破例做了一个好梦。

第二天清早，张梅去扫街。她看见李老汉拉着吱嘎的板车，有气无力地走，赶凉去拉货。随后看见刘武的女儿刘英，提着一摞资料，向学校赶。刘英脸色白白的，眼睛红红的，脚下轻飘飘的，无精打采的样子。

“阿英，感冒了?”

“阿姨，没事呢。只是天气热，没休息好。”

“阿英，你高考只几天了，一定要吃好睡好，别误了终身大事呀!”

“谢谢阿姨关心!我知道呢。”

晚上，赵丽做作业，没看见风扇：“妈，风扇呢?”

“都是妈不好!妈下午看见风扇上有些灰尘，提起来想抹抹，不想手一滑，掉到地上，摔坏了。妈只好拿去修了。”张梅一脸愧疚。

赵丽噘着嘴：“妈，您一向小心的，怎么今天毛手毛脚呢!”

“都是这只手，当时都恨不得一刀剁下来!现在心都是疼的。”张梅狠狠掐着左手。

两天后。“妈，风扇修好了吗?家里像火炉一样!”

“我去问了，说一个零件坏了，只能叫厂家寄来。”

过了两天。“妈，风扇还没修好吗?我都快中暑了!”

“我去催了，说零件快到了。”

又过了两天。“妈，高考都完了，中考也只个把星期了，风扇应该修好了吧?您没空就让我去取吧。”

“应该修好了。我抽空去拿，顺便讲下价钱。”

第二天中午，风扇果然拿回来了，不过拿回风扇的不是张梅，而是刘英。

“英姐，风扇是你替我妈取回的吗?”

“我不是取回，而是送还。”

赵丽呆愣着，云里雾里。

　　这时，张梅过来了："阿英，考得怎样？"

　　"谢谢阿姨关心，考得还不错。如果这几天没有您这风扇，我真不知道咋过呢。"

　　原来张梅那天早上看见刘英病恹恹的，心里很不安。中午等赵丽一走，她就拿着风扇，去了刘英家。

　　"阿姨，有事吗？"刘英正要出门。

　　"阿英呀，你马上要高考了，阿姨也没什么帮你的，天气这么热，你就拿这风扇扇几天吧。"

　　"阿姨，这咋行呢？阿丽不是马上也要中考了吗？我热，她不是也一样热吗？"

　　"中考怎么能跟高考比呢？高考是人生一件大事，一考定终身呢。如果你这几天休息不好，怎么能考出好成绩呢？"

　　刘英还想推辞，但张梅放下风扇，就走了。

　　晚上，赵丽在做作业，张梅在洗衣服，不想李老汉也来了。

　　"阿梅，谢谢你啊！"

　　"大叔，啥事谢我呀？"张梅糊里糊涂。

　　"你和阿英救了我的命呢。"

　　"您没病吧？大叔。"张梅越发糊涂了。

　　"我的病刚好呢。"李老汉说，"那天早上你看见我上街拉货，大中午回家，不觉头晕目眩，胸闷气短，四肢乏力。阿英中午上学路过，听到我呻吟。她赶快进去把我扶上床，喂我喝点茶水。她又回去拿来风扇，让我吹吹风，去去暑气。我舒服了一些，叫阿英把风扇拿回去，阿英说我还没有脱离危险，还要扇几天。阿英放下风扇，就去上学了。今天我的病好了，中午把风扇还给阿英，并谢谢她救了我。但阿英说要谢您就去谢张梅阿姨吧，风扇是她的呢。"

　　张梅如梦方醒，呆若木鸡，半天才回过神来："左邻右舍的，谁没有一些难处呢？阿英真是个好孩子，将来一定有出息呢。"

　　晚上，张梅摇着扇子睡觉，赵丽做完作业，就把风扇移给张梅。

　　"闺女，你扇，妈不热呢。这些天让你受热了，你怨妈吗？"

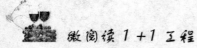

　　"妈，您做得对，谁怨您？其实您每天比我更忙、更累、更热，您也扇下吧。"

　　"闺女，有你这句话妈就满足了！妈今天发现，你跟阿英一样，真的长大了！"

　　张梅把风扇又移向赵丽，眼里泪花闪烁。

厨　事

王锋和梅慧结婚十多年来，一直是梅慧捣弄饭菜，日子倒也香香甜甜，风平浪静。

但自从对门住进一户新邻居后，这种平静就被打破了。

原来对门主厨的是男的，每餐把菜炒得香气四逸，有时还一摆一大桌，而他女人总是在一边上网或看电视，保养得白白嫩嫩。

梅慧心里就有了疙瘩，她气鼓鼓地说："人家男人对老婆多好，饭菜弄得好好的，还要端到老婆手里。那女人比我大几岁，但看上去比我小好多。大家都上班，都忙都累，为什么只能我烟熏火燎，而你只能饭来张口？难道我是你请来的佣人？"

昔孟母，择邻处，当初买房怎么没有想到这个问题呢？王锋暗暗叫苦。

好在梅慧刀子嘴豆腐心，每次黑脸打嘴丢盆甩铲后，饭还是煮了，菜还是炒了。

一天中午，梅慧买菜回晚了，听见对门锅唱碗响，饭菜飘香，而自家黑火冷灶，王锋还躺在沙发上看电视。

梅慧气不打一处来，她把菜往餐桌一丢，一下坐到沙发上，黑着脸说："今天这个厨房我就不进了，要饿大家一起饿！"

王锋见梅慧发火了，只好识趣地起来，悄悄走进厨房，淘米做饭，洗菜炒菜。

鼓捣大半天，菜总算端出来了。梅慧拿筷一尝，不是太淡，就是太咸，不是炒焦，就是煮糊。她儿子扒拉了几口饭，不知是不是吃了一口太咸的菜，竟一下子又全吐了出来，碗一推，嘴一噘，不吃了。梅慧皱着眉，嚼了几口菜，咽了几口饭，也筷子一丢，坐一边去了。梅慧在一旁数落："那么鲜嫩的菜，被你炒得像黑炭，煮得像猪潲，叫谁咽得下？"王锋在一旁默默吃着，感到又苦又涩，味同嚼蜡。

下午下班，梅慧还是沉着脸坐在沙发上，对晚饭置之不理。但一见儿子饿得有气无力，蔫头耷脑，只好又走进厨房，做起饭来。

一天，梅慧说病了，躺在了床上。

这下王锋可慌了，人家病倒了，你总不能扶她起来做饭吧？

王锋只好硬着头皮上。他买菜，洗菜，切菜，炒菜。他油盐酱醋小心翼翼地下，锅盘碗碟乒乒乓乓地响。但最后的饭菜仍然不敢恭维，难以下咽。

梅慧就耐心地教他：这个青菜要炒勤点，不能盖锅盖，不然就老色了；这个鱼要先用油煎，再放姜蒜炖，这样就没腥气；这个筒子骨要放在砂锅里，用文火慢慢熬，这样才有汁水；这个炒蛋要先把蛋敲在碗里，一起倒进油锅，再放点葱末，就很香……

王锋在一旁认真听着，最后笑着说："谢谢老师指教，我一定好好学习，天天向上！"

随后两天，王锋炒的菜好入口了些，能勉强混个半饱。梅慧笑着说："世上无难事，只怕有心人。只要你这样下去，过了不多久，你就可以与对门的厨男相媲美了。"

一天，王锋扶梅慧起来吃饭。梅慧坐到桌前，不禁瞪大了眼，眼前好几个菜，热气腾腾，香气扑鼻，色香味俱全。梅慧口舌生津，与儿子一起碗筷齐响，狼吞虎咽，直撑得肚子疼。

吃好饭，王锋准备扶梅慧去休息。梅慧一下站起，笑着说："吃到这么好的饭菜，我还有什么病呢？"梅慧接着一下握住王锋的手，学着小品里赵本山的样子说："老公，恭喜你，你已经由吃男升格为厨男了！"

王锋瞪着眼，傻愣着问："什么？你没病？你一直在蒙我？"

"你想知道这招是谁教我的吗？"梅慧向对门一指，有点得意地说，"那女的说她以前也是厨女，她就经常装病叫痛，她男人就培养成厨男了。"

王锋红着脸，支支吾吾说："老婆，其实……我不配厨男，其实……

我这菜……"

"难道，难道这菜不是你炒的吗?"梅慧的脸阴了下来。

"我见你与儿子好几天都没吃饱，怕你们俩的身体撑不住，我就去楼下餐馆点了几个菜，只是在家回了下锅……"王锋不敢说下去了。

梅慧听后，感到头昏眼花，一下瘫倒椅上。王锋赶快把她扶到床上，他知道她这次是真病了。

梅慧这么高明的计划也破产了，她冥思苦想，再无他法，只好死心塌地地炒菜做饭，侍夫奉子。

时间一天天过去，梅慧也渐渐变了模样：她该小的腰变粗了，该隆起的胸变瘪了，该光洁的脸有了鱼尾纹，该黑亮的头发有了些斑白。

而王锋变得更俊朗，更成熟，更有魅力。他还在单位混了个小萝卜头，开着一辆小车，并在外边养了一个女人。

那一天，王锋把一张离婚协议书扔给梅慧，涨红着脸说："我为吃你那点饭菜，也不知吃了你多少唾沫星子，我在你面前始终抬不起头，咱俩离婚吧!"

梅慧身一颤，心一疼，像被刀刺了一样。她直直看着王锋，沉默了一会，说："离婚可以，首先看孩子归谁。"

"孩子跟我一姓，肯定跟我。"王锋很坚决地说。

"孩子跟你也可以。但现在孩子正要营养，长身体，我不指望后妈疼孩子，我只能指望你。如果你哪一天能炒出一手好菜，让孩子吃好吃饱，我就立即签字离婚。"

王锋没想到梅慧这么干脆爽快。他收起协议书，高兴地说："我尽快达到你的要求，到时请你别食言。"

自此，王锋每天一回家就往厨房跑，主动生火做饭。为提高炒菜水平，他还去书店买了本《烹饪大全》，并经常向对门厨男请教。

一月下来，王锋炒菜略有起色，但儿子依然吃得噘着小嘴，不给好脸色。

那天周末，儿子吵着要吃小刺鱼，王锋赶快去买。

小刺鱼比较小，一般中指长，做起来麻烦：要先用小刀把鱼一条条割破肚，再一条条挤出肠肠肚肚，再一条条洗干净，再一条条放油里煎。

这鱼身上有刺，又尖又硬，一不小心，就刺伤了手。等鱼煎得淡黄，再放点豆豉青椒一炖，就香气扑鼻，美味可口。

以前，梅慧知道他们父子喜欢吃这种鱼，就隔三岔五做。每次刚炖好，王锋就急急端出来，和儿子一起风卷残云，等梅慧从厨房出来，就只剩下一点残羹冷炙了。

王锋上午八点买回鱼，就把自己关在厨房里，忙乎开来，直到一点了还没端出来。梅慧饿得昏昏沉沉，儿子饿得嗷嗷直叫。

突然，王锋从厨房里出来，抬着双手，一下跪在梅慧跟前，哭着说："老婆，我直到今天才懂得，你过去对我的好，我不是人，我不是人啊！"

王锋一边哭着，一边扇了自己两巴掌，并迅速从衣袋掏出离婚协议书，撕得粉碎。

梅慧这时看清了王锋的手：一直举着，不住颤抖，血迹斑斑。

梅慧伸出自己粗糙的手，微颤着抚摸王锋血红的手，声音哽咽，泪流满面……

演 戏

柳依人的父母以前都是演戏的，她的父亲后来步入仕途，成了文体局局长。

柳依人长大后，不顾父母反对，爱上了剧团一个小生。

小生叫杨临风，剧团台柱子，长得眉清目秀，俊朗挺拔，就像他的名字一样。

柳依人喜欢看戏，以前她每晚去看父母演戏，后来就每晚去看杨临风演戏。

每当帷幕拉开，灯光亮起，鼓乐奏响，杨临风戴着纱帽，穿着青衫，摇着折扇，走上台来。随着他水袖一扬，秀目一闪，清音一亮，台下的柳依人就心跳加快，脸红耳热，一种幸福感骤然袭来，有种眩晕的感觉。这时场内早已大呼小叫，掌声四起。柳依人猛然一醒，也赶快跟着鼓掌。

剧团另一台柱子叫梅芬芳，演旦角，与杨临风唱对手戏，团里人戏称杨梅配。

两人演过许多剧目，如《牡丹亭》、《西厢记》、《天仙配》、《孟姜女》、《梁祝》、《白蛇传》等。两人好像心有灵犀，配合得默契和谐。两人演夫帮妻助，一个地头绩麻，一个机上织布；演书房伴读，一个青灯黄卷，一个红袖添香；演长亭分别，一个折柳相送，一个梨花带雨。两人亲昵时眉目含情，思念时对月落泪，重逢时紧紧相拥，把剧情一次次推向高潮。

两人演的多是悲剧，每到最后，脸上的脂粉被泪水冲得黏黏糊糊，台下观众的眼泪鼻涕也哗啦啦流。柳依人也陪着流泪，一方手帕揩个不停。不知是为杨临风的精彩表演而高兴，还是为人物的悲惨命运而痛心。

一天晚上，杨梅二人演到动情处，旁边一个观众问柳依人，这杨梅配是不是真夫妻呀？怎么演得比真夫妻还真呢？

柳依人心一颤，一沉，一疼。她尴尬一笑，说不是真夫妻呢。

那晚柳依人又流了许多泪，那泪流到唇边，好像苦中添了一些酸。

柳依人回到家，很晚了。她倚在床上，睁着眼，还在落泪。杨临风卸妆后回来，见此情景，就问，还在为古人伤心呀？她轻轻摆头。杨临风又问，那是身体哪里不舒服啦？她又轻轻摆头。她说，我刚才喝了一口醋，呛着了。杨临风不解，为她揩揩泪，拥着她，睡了。

次日晚上，柳依人待在家里，没去看戏。但没待一会儿，她的心又飞到了剧场，她好像又看见杨梅二人一颦一笑，一眉一目，她的泪就又出来了。

第三天晚上，柳依人禁不住又去了剧场，又流了许多泪。

不久，剧团要下乡演出，一去至少十天半月。不想柳依人也要去。杨临风有些吃惊，说你都这么大了，还闹什么小孩脾气，这是下乡演出，不是下乡玩呀！柳依人不听，又去找剧团团长，说一起去可以帮着料理下生活，收拾下衣物，还可以跑跑龙套什么的。团长见她眼睛都红了，再念及她父亲，就破例答应了。

到乡下演到第二场，不想就出了岔子，梅芬芳突发高烧，病倒了。当时曲目已报，催堂鼓已响，只等梅芬芳上场了。但梅芬芳没有替角，团长在后台急得抓耳挠腮，走来走去，如热锅里的蚂蚁。这时，柳依人上前，对团长说，让我试试怎样？团长不悦，说你别再添乱了，现在是台柱子倒了，你以为真是跑龙套呀？杨临风看看柳依人，若有所思地对团长说，柳依人以前从父母学过演戏，只是父母一直没让她登台，现在火烧眉毛了，说不定她能撑撑呢。团长叹一口气，无奈地说，死马当作活马医，就让她试试吧。

很快，柳依人化妆完毕，莲步上台。只见她柳眉凤目，云鬓花容，娉娉婷婷，百媚千娇。她水袖一扬，如风拂柳，她凤眼一睁，顾盼流芳，她清嗓一唱，莺歌燕语，她粉面一笑，风情万种。就连每一句台词，也都一字不漏，珠圆玉润。台下顿时人头攒动，喝彩阵阵，掌声鹊起。刚开始杨临风以为掌声是送给他的，但一看柳依人的出彩表演，他就知道自己错了。他的心先是悬着，继而吃惊，最后落了地，露出了微笑。

后来，柳依人越演越投入，越演越自然，但杨临风好像变了，显得心神不宁，心不在焉。两人夫唱妻和，却有点貌合神离，就像野外的一棵白杨和一株柳树，一直默默相望，而不脉脉相依。一次卸妆时，柳依人揽镜默坐，暗暗垂泪。杨临风问，你是为演出获得成功而流泪？柳依人摇摇头。杨临风又问，你是还没从悲情角色中走出来而流泪？柳依人又摇摇头。柳依人涩涩地说，我们俩台下是夫妻，怎么台上不像夫妻呢？杨临风不解，笑笑说，台上是逢场作戏，是演给别人看的呢。

接下来一场演出，杨临风一不小心，走台时一个趔趄，竟把脚崴了。团里只好临时换一替角，但柳依人坚决不演了。演出只好终止，大家返回县城。

柳依人演出出了名，好多剧团闻讯而来，高薪相邀，让她去撑台柱子，但她不为所动，一一回绝。

休息一段时间，杨梅二人伤愈复出，联袂上台，照常演出。但柳依人再不去剧场看了，她只是一个人关在家里，痴痴地坐着，暗暗地落泪。

不久，柳依人主动要求，与杨临风离了婚。

后来，杨临风又找了个女的，不是梅芬芳。

读 书

这个单元，五户人家，经常失窃。

贾正住二楼，每年总要被盗一两次。其他一、三、四楼大同小异。唯有五楼的老张家，从没小偷光顾。

其他三家先后行动起来，给窗户、阳台装上了防盗网。贾正那时刚结婚生子，手头捉襟见肘。但他还是咬咬牙给装上了，把家里围得像牢笼一样。

那天中午下班，贾正发现家里翻得乱七八糟，一千多元现金没了。他再看防盗网、防盗门，都完好无损。他既懊恼，又惊骇。

贾正上下一问，其他三家也被盗了，而老张家依然秋毫无犯。

贾正的妻子说："这死贼也太厉害了，真是防不胜防。我看这贼是捅锁进来的，还是换把双保险的吧。"

贾正黑着脸："换锁顶屁用？锁锁得了君子，锁得了小人？楼上两家换了好几次，贼还不是照进不误？而老张家既没装防盗网，又没换锁，贼还不是敬而远之？"

贾正想去老张家看看。他敲开老张家门，老张正在爬格子。老张是个一般干部，业余搞点文学创作，他老婆做点生意，日子还算滋润。老张家的装修、摆设，比贾正家强多了。老张家书特别多，不仅面壁一个大书架码满了书，就连床头、茶几、沙发也散放着书。

贾正回到家，先是不解，继而省悟，最后竟笑了。

次日，贾正去街上买回一个大书柜，再买些书码上。

贾正的老婆就埋怨："家里巴掌大，正缺钱，你买这些破柜废书干啥？

你几时认真读过一本书？你脑子进水了？"

贾正诡秘一笑，不置可否。

过了两年，其他三家又被小偷临幸了几次，而贾正和老张家安然无恙。

贾正笑了："老婆，你现在该明白了吧？我买的这些是书是柜吗？我买的是锁，是平安！"

他老婆云里雾里，白了他一眼。

此后，贾正好运连连，很快由股长升为副局长升为局长。他买的书也越来越多，文艺的、历史的、政法的、经济的，码满了书架，塞满了墙角。

那天，贾正回家，发现书柜上有张字条：尊敬的房主，以前未经同意，贸然造访，拿走了些许钱物，我深表惭愧和歉意。其实近两年我也来过几次，但一看见你家这么大一柜书，我的脚就挪不动了。面对书，我就像面对孔子，面对耶稣，我除了怀顶礼膜拜之意，哪敢有鸡鸣狗盗之心？如今社会物欲横流，在我拜访的无数人家中，像你和五楼这样爱读书的，实属凤毛麟角。我这次来别无他意，只是想借本书看看。不过你放心，我会归还的。梁君。

贾正毛骨悚然，倒吸一口凉气。他再看看家里，没丢什么东西，就连书柜也整整齐齐，没有翻动的痕迹。

贾正也写张字条，压在书柜上：尊敬的梁君，你不辞辛劳，光临寒舍，让蓬荜生辉。而我有失远迎，未予招待，还望包涵。你对读书人高抬贵手，特殊关照，可见你也是个知书达理之人，你肯定是被逼无奈，才走上这条路的。你有什么困难就尽管讲吧，我会尽力帮助你的。

过了一个月，那天贾正回家，发现书柜上放着一本书，自己那张字条没了，被另一张字条取而代之：尊敬的领导，谢谢你对我的理解！对我的尊重！我直到今天才知道，你原来是个局长。在我们这屁股大的县城，局长也是有斤有两的。可一看你家，竟这么寒酸，除一大柜书外，别无长物。现在当官的都忙着捞钱渔色，而你却偏安斗室，青灯黄卷。有你这样好学清廉的领导，实乃社会之幸，百姓之福！上次那本书请查收，这次再借两本。梁君。

贾正看完，眉开颜笑，还哼起了小曲。他又写张字条，压在书柜上：尊敬的梁君，你的话让我羞愧难当，我真的做得还远远不够。我知道，你这是在鼓励我，鞭策我。我将变压力为动力，刻苦学习，廉洁奉公，为民造福，决不辜负你的期望！

　　两个月后的一天，梁君又把书送来了，又在书柜上留了字条：假文人，我今天把你家柜里的书都翻了，真没想到，这么多年了，你这些书竟都是新的，基本没看过。这些书都是正版的、昂贵的、有价值的，许多人想看但买不起，而你却一直让它睡大觉，你这是对知识的亵渎！对资源的浪费！直到今天，我才发现你不是一个真正的读书人，而是一个附庸风雅的假文人！这次我借走三本书，免得它在柜里着凉了。

　　贾正心一个劲乱跳，手微微发颤。他马上写张字条，压在书柜上：尊敬的梁君，你误会了。家里的书没看是真，但我身不由己呀！我当这个小萝卜头，每天像陀螺一样转，白天既要开会、调研、检查，又要阅文签字、迎来送往、陪吃陪喝，到了晚上还要陪领导唱歌、按摩、打牌，直到三更半夜才拖着散架的身子回家，你说我还有时间看书吗？还有精力看书吗？为了工作，我吃出了"三高"，喝坏了肠胃，熬白了头发，见了床就想睡。这么多年撑持过来，你说我容易吗？

　　又过了一段时间，贾正发现梁君又送还了书，留下了字条：伪君子，我说你不看书，原来真是冤枉了你。我今天打开你床头一个柜子，发现里面全是书，而且你全都看了，有的翻破了，有的还画了波浪线，有的甚至在旁边批注了心得。再一看内容，有的是厚黑学，有的是谄媚术，有的淫秽下流，有的变态暴力。我真不敢相信，堂堂一个共产党员，一个领导干部，竟看这样下三烂的书！你每天表面衣冠楚楚，没想到竟满脑子的龌龊阴暗！画龙画虎难画骨，知人知面不知心呀！

　　贾正蒙了，脸上火辣辣的，冷汗冒了出来。他赶快写张字条，压在书柜上：尊敬的梁君，请你理解我。我每天活得乏味压抑，不管是领导在台上讲的，还是我在单位说的，都是假大空的话，听了就想笑。我手下和有求于我的人，也是说些阿谀奉承的话，让我直想呕吐。于是我想换种语言环境，看点另类的书，调剂下生活。其实，领导干部也是人，也是食人间烟火的，也是有七情六欲的，思想偶尔开点小差，也是人之常情，有什么奇怪的呢？我知道你是个通情达理的人，我相信你一定会谅解我的。握手！

一天中午，一个客人送来一套《古今清官名人录》丛书，贾正拆也懒得拆开，就码在书柜上。

晚上，梁君来了，借走了这套书，留下了一张字条：贾局长，不管你是不是伪君子，我今天不想理论了。对于当官的，其实我最恨的是贪污腐败。今天见你买了这套丛书，我真的很高兴，原来你见贤思齐，一直以清官为榜样。其实我也一直仰慕清官，我未经你同意，就夺你所爱，借去先睹为快了，还望你谅解！

梁君回家，拆开书准备读，不想暴露了行踪，被警察抓了个现形。

警察环顾室内，除了一些杂七杂八的物件，就只剩下一柜书。

"你父母呢？"

"我父母离了婚，早就不管我了。我高一辍学后，一直在外流浪。"

"你为什么偷书？"

"因为那些有书的人家却不读书，而我想读书却又没钱买书。"

"你既然是读书人，就应该遵纪守法，你为什么还去偷窃呢？"

"我只是想积攒几个钱，以后好去上大学。我自学完了高中课程，我想去参加高考，我一直有一个大学梦！"

"大学梦？你犯了这么多案子，我怕你只能去牢里做白日梦吧！"

"警察叔叔，我真的好想上学！我要举报贪官，戴罪立功！"

梁君从那套丛书里拿出两样东西，交给了警察。

很快，贾正被"双规"。他暴跳如雷："你们睁开眼睛看看，我连续几年都是县委表彰的'十佳廉洁公仆'，你们凭什么抓我？你们吃柿子专拣软的捏吧？"

这时，工作人员递给贾正一张字条和一张卡。字条上写着：贾局长，你平时大会小会讲清廉，你又喜欢买书，我就送套书给你。上次奉上100万元，我知道不成敬意，这次又送上50万元。钱在卡里，密码就是你的出生年月。请你高看一眼，多多关照，让我揽了那个工程吧。

贾正双眼发直，全身发抖，内衣都汗湿了。但他又马上说："这是谁给的？这明显是诬陷栽赃！"

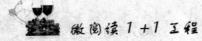

　　工作人员指着旁边一个斯文的青年："是他给的。"

　　贾正问："他是谁?"

　　工作人员说："他就是梁君，梁上君子也。"

　　贾正眼前一黑，双腿发软，瘫倒在地上。

情人节的短信

"芳，晚饭后在后山小竹林等你，不见不散。"

芳看到军发来的短信，心咯噔一下，再说又是小竹林，芳的脸便有些热有些红，那是她与老公勇以前约会的地方。军到底有什么事呢？芳的心胡乱地跳起来。

记得前年开春，勇和军的老婆琴等人一起去浙江打工。临行前，勇分根烟给军，并为军点燃说，军哥呀，咱们隔壁邻舍的，芳在家里上有老下有小，如果有什么事撑不下，还望兄弟帮一把呀。军吐一口烟，爽快地说，咱们亲房叔侄哩，还客气个啥，只要能帮的，招呼一声就是了。我老婆琴也是第一次出远门，人生地不熟，如果不好进厂或有什么头痛脑热，也望老弟多看眼把呀。勇忙不迭地点头，说那是、那是，出门在外分什么彼此，不都是一家人吗？

一晃两年过去了，勇和琴一直没空回，今年说年关难买票，厂里也要加班赶货，又不能回家过年。芳和军在家更忙，每天起早摸黑，浆衣洗裳，生火做饭，喂猪养羊，穿林挂刺，侍田弄地，春种秋收，没有闲时。特别芳一个弱女子，既当娘来又当爹，既拿针来又抡锄，轻一担重一担，泥一脚水一脚，时间一长就吃不消了。

这时军来了，他记得当初的承诺，他对芳家的重体力活，隔三岔五就帮一把。开春要插秧了，他就帮芳犁好田；夏天玉米熟了，他就帮芳摘下山；秋天稻谷黄了，他就帮芳脱好粒；冬天快霜降了，他就帮芳挖好薯……芳感激得不得了，她经常愧疚地说，军哥呀，你又变黑瘦了，看把你累的，以后我请人算了，一双手怎么能忙两家事呢？军就憨憨一笑，说打开大门日日相见，你还这么见外呀，现在男劳力都出外打工了，

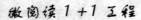

你到哪里请人呀？男人的力气是使不完的，一觉醒来还不照样劲头足？芳听得心里暖暖的，也就随其自然了。

当然芳也没忘了回报，芳待在家里多些，就帮军做些家务事。有时见军家的猪饿得嗷嗷叫，她就赶快提桶潲去喂；有时见军几天没晾衣服，她就去军家收一篮提去洗；有时见军的衣服破了或扣子掉了，她就赶快缝好补牢；有时见军塞鼻咳嗽，她就去医疗点买些药……军感动得不得了，有时涩涩地对芳说，你真比琴对我还体贴细心，真不知道该怎样感谢你！芳的心便一阵跳，脸也有些红，她笑着对军说，与你那些肩挑背驮相比，这点鸡毛蒜皮算个啥呀？军默默没了话说，只是温柔地看着芳。

吃过晚饭，天已黑了，芳忐忑不安地向后山走去。

此时，天上一弯纤月，在云朵间慢步，清辉四溢，照得路边丛林斑斑驳驳。

很快到了小竹林，果见军在等着。芳就问，军哥，找我有什么事呀？

军嗫嚅着说，其实也没什么，只是今天是个特殊节日呢。

节日？怎么没见人燃鞭放炮敬神拜祖呀？你这样神神秘秘的，该不是什么愚人节吧？芳莞尔一笑。

军急急地解释，谁愚人呀，今天是情人节呢。我今天去县城，见好多人买玫瑰，送给相好的，一朵都卖三四十元哩。

情人节？那是城里人吃饱了撑的，对我们乡下人，每天都是劳动节哩。芳带着一丝调侃。

军沉默一会，有点结巴地说，其实我——今天找你，也是想——送给你———点礼物！

礼物？送我？芳声音有点颤。

军很快从衣袋里拿出一个盒子，一下子塞到芳手里，同时一把捏着芳的手，语无伦次地说，这是一盒早晚霜，我今天特意去县城买的，你看你的手，以前像青葱一样纤嫩，现在都冻裂了口，还有你的眼角，也有些鱼尾纹了，记得早晚搽一点，能让皮肤变光润呢。

芳的心乱跳，脸发烫，她几次试着想把手抽出来，但军捏得紧，她也就不再动了。芳痛并幸福着，她从出生到现在三十年了，还没有一个人像军这样在乎她，关心她的手，关心她的脸，包括老公勇都没有，芳的泪出来了。

军轻轻将芳拥入怀中，喃喃地说，芳妹，其实初中时我就喜欢你，只是我这人口笨胆小，一直不敢向你表白。芳倚在军怀中，微微颤抖着，激动得说不出话来。

此时，月亮羞涩地躲进云里，周围万籁静寂，只有两颗心在剧烈跳动。

突然，芳的手机短信响了，芳脱身点开一看，竟是老公勇发来的：在这个美好的夜晚，想你，愿你每天年轻漂亮，快快乐乐！

不一会，军的手机短信也响了，军点开一看，竟是老婆琴发来的：最了解你的人是我，最牵挂你的人是我，祝你每天英俊潇洒，开开心心！

两人嘀嘀嘀一阵按，很快回复了短信。

芳对军说，谢谢你的心意，刚才是我老公的短信，他在远方想念着我呢，我可不能做对不起他的事。

军脸有些红，尴尬地说，都怪我一时冲动，我老婆也在远方牵挂着我呢，咱们回去吧。

芳和军回到家，幸福地咀嚼着短信上的每一个字，微笑着进入了甜美的梦乡。

可芳和军哪里知道，他俩收到的短信，竟是勇发给琴，琴发给勇后，再附带发给他俩的。

捡　漏

乡下瓦屋多，盖瓦破损或移了位，屋里就漏雨，就要请师傅来捡。

黑狗是一把好捡手，不管怎样破朽的老屋，只要经过他的手一侍弄，不仅当时就不漏了，而且能一管一两年，所以请他的人很多。别看黑狗手艺好，人也勤快善良，但四十来岁仍是光棍一条。只因小时候烫了一脸的疤，再加上要养药罐不离的老娘，许多女人就不敢上前。

同村有个女人叫秋月，成分不好，被划为地主，好多人背后叫她地主婆。秋月是个寡妇，男人被派去修水库，专门让他干粗重活，结果累成了内伤，三十出头就走了。秋月带着四岁的儿子，经常以泪洗面，凄凄楚楚。

秋月家漏雨，天一放晴，她来找黑狗。

黑狗来到秋月家。秋月指着屋脊说，就是那一片，有几处漏呢，你看地上还水滑滑的。

黑狗朝上看了几眼，嗯了一声。

黑狗来到屋外，架好梯子，慢慢爬上屋檐。站稳后，他弓着身子，轻轻把眼前的瓦揭开，再轻轻叠放在旁边的瓦上，腾出一条向上的瓦路。瓦一片片被揭开，露出一根根黑乎乎的条板来。那些条板风剥雨蚀虫蛀，有的已经裂损，有的开始腐朽。黑狗就给锯掉，换上新板。黑狗慢慢向上移，颤颤巍巍，如履薄冰。总算移到了屋脊，把漏雨的地方捡好，又把其他地方翻捡一遍，就倾着身子慢慢下来。

黑狗下了楼梯，蹲在地上，腰一时直不起，酸痛得咧着嘴。他手里脸上糊着汗水阳尘，黑不溜秋的，像戏台上的小丑。

秋月端来一盆水，黑狗胡乱洗下，准备走。

秋月急急上前,从衣兜里摸出两个鸡蛋,嗫嚅着说,黑狗师傅,家里实在找不出钱来,就只这两个鸡蛋值钱点,让你忙累了这半天,实在拿不出手的。说完,往黑狗手里塞。

黑狗在本村捡漏不吃人家的,只收一点工夫钱,一般一天五角。

黑狗没有接鸡蛋。黑狗用手一挡,对秋月说,你孤儿寡母,日子拧得出苦水来,我这是举手之劳,怎么好要你的东西呢?说完,又要走。

秋月赶紧拦住,嗔怪说,黑狗师傅,你孤身一人,还要养一个卧床的老娘,也是黄连苦菜命。如果你怕我下次再麻烦你,你就不接算了。

黑狗被秋月这么一将,脸涨得有点红,他说,好,我接你一个,另外一个就当作我送给你孩子吃总可以了吧?

秋月不好再勉强,目送黑狗回去了。

过了两个月,秋月又去找黑狗捡漏。黑狗感到意外,说我捡过的屋没有这么快就漏的呢。秋月忙笑着说,不是说你没捡好,前几天我捉一只鸡,鸡一下飞到瓦楞上,可能把瓦片搞动了。

黑狗来到秋月家,一看,一片瓦果然移了位。

黑狗捡好了漏,秋月忙给黑狗端水洗手,再递上毛巾,倒上一杯热茶。

黑狗喝好茶准备走,秋月又塞给黑狗两个鸡蛋。秋月笑着说,上次你只拿一个,这次你再不都拿去,那下次屋漏就只能让它漏,再不好意思找你了。

黑狗赶快躲闪,急着说,这次我一个都不能要,你看你孩子病得像豆芽菜,你就冲点蛋花孩子喝,补充点营养。说完,一溜烟走了。

秋月追了几步没追上,愣在那儿,眼睛悄悄湿润。

又过了两个多月,秋月又去找黑狗。黑狗很是吃惊,问,屋又漏了?

秋月点点头,紧接着说,不是你没捡好呢,前几天一只猫在我家屋顶又是跑又是叫,折腾了大半夜,肯定是猫捣的乱。

黑狗跟去一看,屋顶果然有两个窟窿。

黑狗捡好漏,洗好手,秋月竟从锅里端出一碗糖水蛋来。秋月望着黑狗,红着脸说,给你两个生蛋,又怕你不要,那你就把这两个熟蛋吃了。说完,直往黑狗手里递。

黑狗的脸也红了，他赶快后退说，这蛋我怎么吃得下呢，你看你孩子病刚好，正需要点把荤腥，你看你自己也面黄肌瘦的，也需要补下身子呢。

秋月的眼红了，她微颤着说，如果你不吃，那我只好端到你家去了。

黑狗见拗不过，只好接过碗，喝了几口糖水，赶快走了

年底结算，生产队竟奖给黑狗几十斤粮食，说黑狗阶级立场坚定，在捡漏时故意不给秋月捡好，让地主婆也尝尝水深火热的滋味。但黑狗毫不领情，他没多领一粒粮食。

不久，黑狗又被人告发，说他捡漏时故意不捡好，是打着幌子和地主婆勾搭，连地主婆的糖水蛋都吃了。最后问是谁主动勾引对方的，黑狗一口说是自己。黑狗遭到批斗，左腿打瘸了。

过了两天，秋月偷偷地去看黑狗。黑狗躺在床上呻吟，他娘在旁边落泪。

秋月坐到床边，望着黑狗，眼睛湿润了。她动情地说，黑狗哥，你为我受的罪，我下辈子做牛做马都还不清。我这辈子没有钱补偿你，也没有值钱的东西补偿你，如果你不嫌弃，我把我补偿给你，好吗？

黑狗的泪一下子出来了，他用力撑起，拉着秋月的手说，秋月妹，我知道你对我好，但我怕你跟我一起受罪。我现在一只腿坏了，再加上手艺退了，靠捡漏怕也养不了家，我怎么好拖累你呢？

秋月掏出手帕，为黑狗揩干泪水，哽咽着说，黑狗哥，其实你还是一把好捡手，都是我不好，我家那几次漏雨，都是我故意用棍子捅的，我只是想多看看你，不想却让你遭这样的罪。

黑狗拥着秋月，泣不成声。

牛叔放牛

牛叔是我叔辈，牛年生人，再加上一辈子主要放牛，我便一直这样称呼，但大人多叫他黑牛。

儿时记忆里，牛叔长得矮墩墩，大嘴巴，龅牙齿。不管太阳多毒，他总是系件裤头搭条毛巾去放牛，脊背晒得黑亮，可照见人影。牛叔说话有点结巴，但他偏爱哼些不知名的小调，咿咿呀呀，含糊不清。旁人笑说黑牛你昨晚肯定入了你婆娘，不然今天怎么这么高兴，净唱些外国歌。牛叔嘿嘿一笑，仍然挥着牛鞭，眯着眼哼，一副自我陶醉样。

孬马配孬鞍，牛叔的婆娘更不顺眼：矮小单薄，邋里邋遢，满脸菜色，不太灵醒。走起路来慢腾腾轻飘飘摇晃晃，生怕踩死蚂蚁或被风吹走。有时生产队安排挑粪肥田，时停时歇，左晃右荡，到田边就半日中时了，一看粪桶也只剩下半把，所以一直只算半个劳力。

但他俩生育能力不比别人差，一口气生猪崽般生了十来个，先后饿死病死过半，最后只育到四个。牛叔住在小学旁边，每次上学，总看见他几个孩子像土狗，一丝不挂，灰头土脸，在地上爬滚，只一双眼睛转动。有时看见牛叔吃饭，那当然不是米饭，而是照得见人影的薯渣糊，只见他左手支着洋瓷碗，嘴就着碗沿，五指用力一转，随着嗦的一声，一碗糊就浅了一圈，不一会便见底了。那吃功是饥馑年月练就的，让人叹绝。后来牛叔无粮下锅，偷偷啃了一肚观音土，不料屙又屙不出，呕也呕不掉，痛得在地上直打滚，只好抬到卫生院开刀，才捡回一条命。

那时生产队除牛叔外，还有军叔放牛，两人各管十几头牛，各领一个劳力的工分。但养的牛却有天壤之别，牛叔的牛都膘肥体壮，油光水亮，强健有力，套上牛轭就犁飞耙响，不用扬鞭自奋蹄，几袋烟工夫就把丘把田解决了。军叔的牛却瘦骨嶙峋，皱皮脱毛，走起路来病病歪歪，耙田犁地转几圈就没劲了，任你叱骂抽打就是慢，打急了干脆顺势倒下，口吐白沫，一动不动。两年下来，牛叔的牛安然无恙，但军叔的牛病死累死好几头，惹得社员满腹怨言。最后便让军叔交出牛绳，一齐交给牛叔放养，顶一个半劳力。社员说黑牛人黑心不黑，养牛比养自己孩子还细心，牛交给他放心。

　　这话不假，牛叔对牛的管理真是无微不至。夏天热了，他把牛圈窗户打开，及时把牛粪清理出去，让圈里通风换气，保持洁净；冬天冷了，他用茅草把窗户和墙缝塞紧，在圈里铺上晒干的谷草，让牛睡着温暖柔软舒适。遇上春播秋种时节，每只牛都超负荷劳动，等牛们披星戴月洒一路铃声疲惫回圈，他赶快解开刚割的青嫩茅叶，把从自家偷来的盐兑成盐水，洒在茅叶上，分给牛们吃。他一般给黑子多喂些草料，黑子是只黑牯，是群牛的首领，受的累也最多。他一边看着黑子津津有味地吃，一边抚摸着它日渐凸起的瘦骨和累累的鞭痕，心疼得不得了。为了让牛尽快恢复体力，有时生产队也特意为牛增添些烂薯脚、粗麦麸之类的细料。那时缺粮少食，饥饿如影随形，这点细料也有魔力，让不少人眼热心动。听说军叔放牛时，那点细料都没进牛肚，而是饱了自家腹。但牛叔从不这样，为了防止别人偷，他每天还一直蹲守到牛吃完才回家。一次他终于抓到一个贼，不是别人，是他堂兄。堂兄哭着求他别讲出去，但他还是报告了生产队，害得堂兄一个月的口粮被扣掉。

　　放牛是脏累低下活，但也有威风八面的时候。天刚蒙蒙亮，牛叔打着赤脚，披着晨雾，趟着露水，赶着牛儿出门了。一路上牛铃叮叮咚咚，如露珠一样圆润，在宁静的山村回响。此时牛叔鞭儿甩得脆响，吆喝更加洪亮，就像一位出征的将军，正指挥千军万马向远山挺进。黄昏时分，牛儿吃饱喝足玩欢了，牛叔便双手拢成喇叭，对着山林呼喊：黑——子——回——家——啦。牛也真通人性，很快山林里便一声长哞，那是黑子在回应。不久山林里便哞声四起，呼朋找伴，草倾树晃，一阵骚动。一袋烟工夫，群牛在黑子的带领下，沿着原路下山了。此时牛叔绽着微笑，甩着响鞭，迈着大步，哼着小曲，目不斜视地穿过旁人的目光，像一位得胜的将军，带领队伍凯旋。

日子如水流过，牛叔悄悄长了不少白发，黑子也渐渐老了。黑子毛一块一块脱落，牙齿也豁了几个口，走起路脚打战身微晃，再也没有首领的剽悍雄风。天渐渐暗了，那些大清早出去耕种的牛子牛孙还没回来，黑子已没有劳动能力了，只能躺在村口那棵歪脖子槐树下，一边看着远山残阳如血，一边慢慢反刍着远去的岁月。它也年轻过，强健过，辛劳过，光荣过。它曾一天犁过二三亩水田，曾一口气拉一板车柴走四五十里山路，让同伴自叹勿如。但现在垂垂老矣，不仅不能为人们做事，反倒成了人们的负担。它非常清楚，不能劳动对于自己意味着什么。它的眼睛悄悄湿润，流出一种宿命的悲哀。它突然一声长哞，悲凉凄惨，如泣如诉，久久回荡……

　　黑子的忧虑不幸成真，生产队决定宰杀它了。那天歪脖子树下炸开了锅，村人里三层外三层围着，勾肩搭背，说说笑笑，大呼小叫，比过年过节还热闹。开始动手了，几个男子汉把四根麻绳套成圈，乘黑子不注意，一下子捆住四蹄，然后向一边同时用力一拉，黑子便轰然倒地。黑子没有束手待毙，它满眼惊恐，凄惨地叫着，脚一个劲乱踢，身子也不住地扭动，虽然它知道这样挣扎和呼喊也是徒劳，但它也有求生的本能，至少想它的主人能站出来，给它一线生的希望。但牛叔不在旁边，不知到哪去了。黑子终究老了，挣扎一阵便口吐白沫，上气不接下气，不能动弹了。这时村里的杀猪佬举起八磅锤，照准牛头狠狠地砸。每砸一下，黑子便四蹄乱弹，头不住扭摆，眼里滚动着泪水，一声接一声惨叫，在远山久久回响。突然，牛叔从人群冲出来，眼睛红红鼻涕糊糊的，他接下杀猪佬铁锤，用手抚摸着血肉模糊的牛头。黑子见了，眼睛瞪得大大，身子不住抽搐，嘴里白沫往外涌，泪珠大颗大颗滑落。牛叔嘤嘤抽泣，牵来两根电线，把黑子电死了。

　　那天晚上，家家户户飘荡着牛肉的清香，洋溢着节庆的喜悦。

　　牛叔家的牛肉也熟了，孩子叫他起来吃，牛叔说病了，不想吃。馋急了的孩子便隔三岔五地催，牛叔火了，腾地从床上跳起来，边大巴掌地扇，边破口大骂：入你娘的Ｂ，饿鬼缠了！孩子捂着青紫的脸，一把鼻涕一把泪走开了。

　　第二天放牛，牛叔满头白发，形容憔悴，脚步趔趄，好像一下子老了十几岁。

牛叔终于老了，老得不能翻山越岭了，生产队便让他交出牛绳，交给一个侄子。牛叔像失了魂，整天关在家里，默默咀嚼那份孤寂和愁苦。侄子有时忙不过来，请牛叔去喝几杯薯渣酒，让他帮忙放养几天。牛叔眉头舒展，涨红着脸，喷着酒气说，那些牛我每天念着呢，乡亲叔侄的，这点小事还客气啥。

那天一只牛失踪了，天黑了也没找到，最后才发现躺在山崖下呻吟。牛叔急忙攀崖抢救，不想年老体弱，天暗崖滑，一脚不慎，摔下崖去。

牛叔醒来时，已气若游丝。临死前，他叫孩子从床底拿出一小袋，吃力地说：我——属牛，我一辈子——与牛——打交道，我——死后，就与——这袋东西——埋在一起……解开袋一看，竟是黑子的几块骨头。

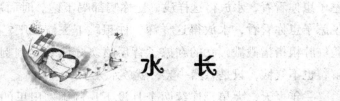

水　长

村里水田多，为了统一有序放水，就要选一个水长。

放水是苦累活，也容易得罪人，而一年的报酬只每亩田两斤谷。村民都敬而远之，就让憨子当了这个"官"。

憨子是个光棍，天生有点兔唇，说话含糊不清。家里只有一间土坯房，天一下雨就漏，风吹两边倒。好心的媒婆曾为他介绍几个对象，但女方一进他家门，就吓得拔腿跑，劝也劝不回。但憨子并不犯愁，经常哼一些不知名的小曲，摇头晃脑，咿咿呀呀。有人就笑着说，憨子呀，你这么高兴，是不是摸了哪个婆娘的大奶呀？憨子憨然一笑，不予理睬，照旧哼唱。

春季雨水调匀，放水一般不需太操心。但憨子照样扛着水锄，起早摸黑，风一脚雨一程，在田间穿梭忙碌。那时，有些村民突然想起田里有个漏洞忘了堵塞，或水口太低了忘了加高，或有些秧苗倒了忘了扶正，当他们急匆匆赶去，不想一切都补救好了。村民就问憨子这是你干的吗，憨子憨然一笑，不置可否。有时有些村民几天没去田畈，憨子也会突然登门拜访，结结巴巴地提醒村民秧苗缺少营养该下肥料了，或稻谷发了虫要打农药了，或稻谷黄了应该收割了。有时一件事没讲清楚，急得比比画画，满脸涨红。

夏天雨水少，再加上水库泥沙淤积，渠道破损老化，水就供不应求。这时憨子每天系件裤衩，搭条毛巾，掮把水锄，在烈日下走马灯似的跑动。他时而掏沟渠，时而培水口，时而夯田埂，没有一刻闲时。他脊背晒得乌黑油亮，有的地方都晒脱了皮，就像非洲黑人。晚上怕别人偷水，憨子也不敢回家，饿了就啃几口随身带的红薯，渴了就捧几口身边的沟水，然后提盏昏暗的马灯，像只萤火虫在田畈飞来飞去。

众口难调，一些村民仍然对放水有意见。时而这个把憨子拉去，说憨子崽你看看，水放得这样浅，让你喝都喝不饱。时而那个把憨子推去，说憨子崽你看看，水放得这样深，你想跳下去淹死吧？男的在憨子面前脸红脖粗指指戳戳，女的在憨子背后喷痰吐沫骂骂咧咧。憨子不极力辩解，也不气恼，只是憨然一笑，就放水去了。

一年夏天，大旱，连续两个月没下一滴雨。田里的谷正在灌浆，急需要水滋养。而天上的太阳像团火，越烧越旺，水库成了一张干渴的嘴巴，库底一点可怜的水越蒸越浅，村民的心也像被一只黑手紧紧攥住，越来越紧，越来越疼。最后，一些村民的田还是干裂了缝，谷也渐渐变黄变枯。眼看就要到手的粮食很快变成了枯草，一年的希望转眼化成了泡影，村民的眼瞪得大大的，心里窝着一团火。

村民怀疑憨子放水的公正，悄悄跟踪最后那线水的流向。村民果真发现，那线水没有流向水路近的身边田，而是流向了垅底的水尾田。而憨子的一丘田就在垅底。村民怒火中烧，摩拳擦掌。但赶到垅底一看，村民都傻了眼，那线水没有流向憨子的田，而是流向了瘸子婆的田。

瘸子婆是个瘸子，也是个孤老。她有一个女儿，嫁在外地，每年插秧和割谷才回来帮忙。她还有一个儿子叫虎娃，跟随国民党去了台湾，"文革"时她就成了特务婆，被打瘸了双腿。平时她家田间无人管理，憨子就帮衬一把。

村民看见瘸子婆的田还湿润润，谷也长势很好，心底那股怒火就腾地升起来。他们把憨子围住，一下揪住憨子的头发，大声骂，你这憨子崽，近水田不救救这水尾田，贫农的田不救救这特务婆的田，你是想里通国外吗？你不想活了？骂完，一阵拳脚巴掌，噼噼啪啪响，打得憨子口鼻流血，青一块紫一块。有个村民还不解恨，临走前抢起锄头把，狠狠抽去。随着一声惨叫，憨子抱着右腿，瘫倒地上，不住抽搐。

一天，虎娃从台湾回来了，成了台湾同胞，成了投资客商，县乡领导陪同着。虎娃来到憨子家，憨子腿被打瘸了，正躺在床上呻吟。虎娃拿出一沓钱，放在憨子的手里，红着眼说，憨子哥，你过得这么苦，还一直关照我老娘，这次又拖累你被打成了这样，真不知道怎么谢你呀！

这点钱你拿去先治病，再盖座新房，找个老伴吧。憨子一听急了，赶快把钱推开，说虎娃弟你见外了，放水是我的本分事，帮帮你家也是顺手活呢。虎娃把钱按住，说你如果嫌钱少，以后再也不想帮我娘照看水田，你就不收算了。憨子涨红着脸，半天说不出话来，只好收下。

不久，村里来了一支工程队，把水库的淤泥挖走了，水库蓄水量大增，再不用担心供不应求了。还把破损的渠道拓宽加固，整修一新，再不用担心漏水塌方了。村民都非常感激，说还是共产党领导的政府好呀，让我们再不必为这点水发愁了。施工人员却说，你们感激政府可错了，你们应该感谢憨子，是他出的钱呢。村民一下愣在那里，呆若木鸡。

后来憨子还是放水，不过由于右腿打残了，走起来一拐一瘸，但他跟以往一样，仍然跑得勤，跑得快。

一个夏日的中午，骄阳似火，憨子劳累过度，不幸中暑，一头栽到田里，再也没有起来。

憨子本名朱忠民，殁年 65 岁。

 # 扶 贫

刚开春，县扶贫办就拉来了一车种羊，说是鼓励大王村发展养殖业。每户一公一母，顺子领了一对白的，抖着手在表格上签了字。

县扶贫办李主任说，顺子呀，好生养哟，年底还要检查的。

顺子不住地点头，憨笑着说，那是、那是，我一定像养崽养女，决不让羊吃苦受罪。

大王村地处城郊国道边，近几年上级大把大把扔钱，大力建设小康村，村民丰衣足食，安居乐业。顺子与老伴除侍弄点田地，还买了辆拖拉机跑运输，日子过得有滋有味。

羊抱回了，顺子赶忙在后院围个圈。对羊，顺子真像宝贝疼着呢。每天一大早，他就到很远很高的山，割最鲜最嫩的草，见羊吃得津津有味，他的眉头也解开了。过一些日子，他偷偷去菜园摘些青菜，为羊换下口味。老伴发现后一顿臭骂，他便嘿嘿赔着笑脸。顺子还为羊讲卫生，他每天要清扫一次羊屎，如果羊身上脏了，他就端盆水来洗干净，如果发现了虱子，他就耐心地一一掐死。羊渐渐长大长高，顺子在羊脖子上套根绳子，挂几个铃铛，赶到水草肥美的山坡上放养。每到黄昏，顺子赶着羊回家，羊像两团白云，在山上飘动，羊的肚子吃得鼓胀胀，不停地轻微晃动，羊一路上幸福地咩咩叫，伴着铃儿叮当响。顺子也受到了感染，脸上有了笑容，他时不时把羊鞭甩得脆响，他扯起喉咙哼起一些山歌，惊得旁边林子的鸟雀四处飞散。

顺子养羊投入了时间精力，就难免影响运输生意，有时他老伴便骂，你这老鬼，放着钱不挣，每天粘几只羊，自己的伢崽都没见你这么疼过，这羊就这么亲这么金贵？顺子又嘿嘿赔着笑，他说当初领羊时拍了胸脯

的，要像养崽养女，如果失了口齿，那年底怎么向政府交代呢？

到年底了，那天县扶贫办来抽查，见顺子的羊皮光毛滑，膘肥体壮，李主任的脸顿时云散日出，他笑着说，顺子呀，你说话真算话，全村就你的羊像羊，过三天省里就要来检查了，到时就抽查你家的，这几天就关在圈里，别让掉膘了哟。顺子不住地点头，憨笑着说，晓得、晓得，到时决不让领导失望。

那天，省扶贫检查组来了，李主任兴冲冲把他们带到了顺子家，详细了解了顺子的家庭情况，然后就去看顺子的羊。但一进羊圈，却空无一物，只见地上有一些零乱的草料，还有几粒黑羊屎零星点缀着。

李主任的脸有些沉，他转向顺子问，你的羊呢？这几天不是叫你别放养的吗？

顺子的脸有些红，他嗫嚅着说，我——没——放养。

李主任显然生气了，他大声责问，没放养难道是你吃了？

顺子的额头有了汗，他结巴着说，再给我——十个胆——我也不敢——吃呀。

李主任脸上急出了汗，他缓和下情绪说，顺子呀，当着省领导的面你可要说实话，你再想想，羊是跑了还是被别人偷了？

这时村支书一边使眼色，一边抢着插话，顺子呀，大清早我看见两只大白羊向村口跑去了，准是你家的越了圈，你肯定没发现吧？

顺子也许没在意村支书的暗示，他揩了下额头的汗，颤抖着说，我的羊——没跑——也没被偷哩。

检查人员轻拍下顺子的肩，说别急别急，慢慢说吧，没了就没了，又不抓你坐牢。顺子长吁一口气，他出口顺畅了些，他说前天旮旯村李老汉来借钱买粮，见我家羊养得好，羡慕得不得了。旮旯村在山头上，穷得兔子都懒拉屎，好多人家还缺吃少穿。我想自家过得比上不足比下有余，而李老汉甚至整个旮旯村更需要养些羊，多生些羊崽，好早日混个饱肚，我就把羊送给了李老汉。

李主任的脸一阵惨白，狠狠剜了顺子一眼，哼的一声走了。

自然，大王村检查验收没通过。第二年，上级一些扶贫项目、资金减了不少，有些分解给了其他贫困村，即使村里来些扶贫钱物，也没了

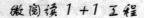

顺子的份。全村人都怪顺子捅了娄子，他老伴也整天黑脸打嘴，顺子里外不是人，但他并没后悔。

可顺子后来还是后悔了。那天他去旮旯村拉杂木，顺便想去看看李老汉的羊生了几只崽。可刚到李老汉的门口，顺子不禁愣了，他看见墙上钉着一张快风干的羊皮，血肉模糊的。顺子的心一咯噔，随之一阵疼痛，他急急地责问李老汉，我的羊我的羊呢？你当初是怎么答应的？你怎么把它杀了？

李老汉的脸涨得通红，他强赔着笑说，顺子老弟，真对不起，去年没想到发猪瘟，过年没一坨肉下锅，只好……另一只大年夜讨账的逼得急，只好……老弟可是大恩人，救了我的急，我家还特意留了一只羊腿，中午就在我家吃顿便饭吧。

顺子的心在滴血，手在颤抖，他气鼓鼓地说，你还是留着自己吃吧，我肚子早吃饱了！

顺子头也不回地走了。他仿佛又看见了两团白云一样的羊，在山头飘动，同时还听见了羊的咩咩叫声，并伴着铃儿的叮当脆响……

顺子的泪一下子出来了。

赎　罪

　　阿贵和阿良都是旮旯村人，都是砖匠，都是一个师傅教的。不同的是阿良高中毕业，而阿贵没进过学堂门。

　　阿良是师弟，出师后一直在家。那时乡下穷，做房子人家少，阿良三日打鱼，两日晒网，有时几个月也握不上砖刀，油盐钱都难挣到。阿贵一出师就去了县城，开始两年拿砖刀，以后竟当起包工头，承包建设一些工程，荷包便像气球迅速鼓胀起来。短短几年，阿贵就在县城购了房子，娶了老婆，买了一辆乌龟车，让旮旯人佩服得不得了。

　　阿贵见阿良在家闲着，一把砖刀都快生锈了，就把他带到城里，安排在一个工地砌墙。这里不是黄金地段，一平方米也卖到2500多元，是上班族月工资的二三倍。做了一段时间，阿良就有些纳闷：城里做房咋这样马虎呢？地基下在浮土上，钢筋以小充大，平顶薄得像晒簟，脚一蹬就颤晃晃，墙体散得像豆渣，手一戳就扑簌簌掉……阿良把这些讲给工友听，工友笑他说，你这坨旮旯人，真没见过世面。老板不这样，能赚大钱吗？我们卖苦力的做好做坏一个样，操这些冤枉心干啥？

　　阿良闷闷不乐，心里堵得慌，砌墙也没了心思，就去找包工头阿贵。阿贵听后，脸顿时晴转多云，他瞪着眼说，阿良啊，这里是你老板还是我老板？我叫你做什么你就做什么，叫你怎样做你就怎样做嘛，别无事找事吃饱了撑的！阿贵转而温和地说，师弟呀，在这里咱俩是一家人，把你带来就是想你帮衬一把，有谁揭自家短，胳膊肘向外拐的呢？

　　阿良被一顿抢白，脸变成了猪肝色，气鼓鼓地出来了。他坐在地上默默抽着闷烟，他的心依然有一些东西憋着，他暗暗替那些购房者抱不平：辛辛苦苦工作大半辈子，倾囊而出总算买了一套新房，不想买的却是一套崭新的危房，这叫谁能够接受呢？

一次，房管人员来检查，阿良悄悄反映了这些问题。他们去实地一看，一点不假，马上责令整改。

阿良竟成了"内奸"，阿贵气得牙齿格格响。他把阿良叫去，吼道，当初带你出来，是看你穷得鸡巴没有衣遮，念着师兄弟的情分，没想到你这样六亲不认无情无义，竟挖起自家人的墙脚！你要知道，我这一整改，就整改去了一百多万呀，这在我们旮旯村，你说面朝黄土背朝天要挖多少代人？阿良在一旁一口一口吸着烟，始终没说一句话。

次日一早，阿良卷起铺盖，回家了。

很快，这片小区建好，交付使用。但没住几年，麻烦就来了，有的墙体裂了缝，有的屋基往下沉，有一栋竟还垮塌了，压死了人。上面马上派人来调查，经检测，小区 30 多栋楼房，只有阿贵承建的质量达标，其他或多或少都有问题。

随后，县里召开有形建筑市场安全整治大会，阿贵被评为质量信得过企业家，并戴上大红花，在台上作了典型发言，赢得一阵阵热烈的掌声。

阿贵一举出名，以前想揽工程要送红包找关系，现在竟有人找上门来。阿贵有时承包好几个工地，一个人忙不过来，就挑肥拣瘦，转包些给手下人。

阿贵这时想起了阿良，他觉得有愧于师弟，如果当初没有这个"内奸"，他阿贵今天能名利双收春风得意吗？阿贵马上回去，好说歹说，把阿良接来了。阿贵转包一个工地给阿良，他拍着阿良的肩膀，笑着说，师弟啊，我这人只讲一个"义"字，有碗粥兄弟都匀着点吃。这个工地只要你好生经营，不说刨出个金菩萨，银菩萨是保准有的。你肚里墨水多，只要你不再书书呆呆，你将来一定混得比我好呢。

两年后，阿良的工程建好了。一验收，质量最优。但计算器一按，不想亏了，还亏了大几十万。好多工钱材料钱没付，讨账的天天踏破门槛，赖在阿良家不走。阿良像个做贼的，忍饥挨饿，东躲西藏，连过年都不敢回家。他老婆气得大哭大骂，嫁给你这个窝囊货，算我前世瞎了眼，人家阿贵荷包都快撑破了，而你却欠一屁股债，你把我和孩子卖了算了！

自然，阿贵再不敢给阿良工程了，不想阿良却找上门来。阿贵说，师弟呀，如果你还是一根筋，不变通，我给你工程就是害你，就是害你老婆和孩子。阿良涩涩说，我现在捅了这个大漏洞，我在这里跌倒就要在这里爬起，我知道以后怎样做了，我走上了一条不归路呀！阿贵见阿良红着眼，语气比较坚决，就说那再给你一处工程吧。不想阿良说，一处少了，要包就包两处。阿贵大吃一惊，直直看着阿良，好像不认识似的。

阿良建好两处工程，就回旮旯村了，再没有找阿贵包工程。阿贵却找上门来，说你赚了几个小钱就洗手不干了？你难道还嫌钱多吗？你现在一切轻车熟路顺风顺水，还是与我一起去再干几年吧？阿良笑笑，摆摆头，说做工程心累，在家里心安呢。阿贵不解，苦笑着走了。

阿良回家后，一切像原来一样，依然住着那座土巴房，依然吃着腌菜萝卜，兴致来时依然喝几口劣质酒，感冒了依然不上医院生生撑着……村里有人看不顺眼，就笑着说，阿良呀，听说你在城里发了大财，你还这样抠吃抠用，你这是想让钱孵崽呢，还是怕亲戚朋友找你借？阿良先脸一红，后淡淡一笑说，哪里哪里，这样习惯了呢。

三年后，不想发生了地震，县城成了一片废墟，死了许多人。阿良不顾沿途危险，不听家人劝告，费好大周折去了趟县城。一回来就蔫头耷脑，神思恍惚，好像病了一样，关在家里不出来了。

原来，阿良以前承包的房子没倒，而最后承包的两处工程倒了，还压死了许多人。阿贵也死了，死在了他自己承建的房子里。

不久，上面有记者来采访，说旮旯村有个农民，为抗震救灾，一次性捐了215万，且没有留下真实姓名。

记者拿出那张汇款单复印件，让村里人指认笔迹，只见上面的署名是——一个赎罪的人……

标 兵

办公室调进了一个人，叫小王。

小王是一个很灵活也很热心的小伙子。

记得小王那天来上班，刚好是赵副主任值班，正拿着拖把准备拖地，小王一个箭步上前，说让我来让我来，接过拖把便刷刷刷拖起来。拖好地，赵副主任又拿着抹布准备擦桌子，小王顾不上揩额头的汗粒，又一把抢了过来，说我手脚快些，便又把桌椅门窗电脑擦得干干净净。

一次几个农民来上访，信访办来做了工作，局长也当面作了承诺，但上访者从早上一直缠到天黑，不达目的不走人。值班的张主任便有点火了，说秀才遇到兵有理讲不清，再赖着不走就叫警察。小王怕事情闹僵了，叫张主任先回去，说让我再劝劝。小王见那些人饿一天都蔫蔫倒了，就去买了几桶方便面，他们吃后都感激地走了。

又一次局里开大会，安排小王与老李写工作报告。两个人通宵达旦，挑灯夜战，熬了个两天两夜，稿子总算杀青。小王看见老李正在校对，戴着瓶底厚的近视眼镜，头都快勾到桌面，一根根白发在灯光下发亮。小王眼一热，心一颤，叫老李回去休息，说校对由我负责好了。老李拍拍小王的肩膀，说那就辛苦老弟了，便蹒跚地走了。

……

小王每天忙得陀螺转，成了一个不折不扣的忙人，自然其他人就清闲多了。有时小王在旁边忙，他们上上网，看看报，聊聊天，当然也没忘了表扬小王几句。原来墙上有张值日表的，不知啥时被风吹落了，就再也没有贴上。他们觉得没必要贴上，反正一些琐事小王基本包了，小王就是值日表，值日表就是小王呢。

年终，局里要评选一名青年标兵。小王想，局里年轻人总共只这几个，自己每天起早摸黑吃苦受累，再说学历能力也是冒尖尖的，这份荣誉应该非我莫属了。但宣布结果时，却是打字员小红。

小王落选当然是有原因的，主要是在个别谈话时，没过民主评议这一关。

张主任：小王这小伙子不错，肯为领导分忧，但原则性不强，有时好心做错事。比如那次缠访，按照信访条例规定，对那些无理诉求要严词拒绝。但小王却大发慈悲，见他们饿得不行，还为他们买吃的，听说有一次几个上访者没钱回家，小王还替付了车费。办公室工作千头万绪，如果都这样婆婆妈妈菩萨心肠，那还怎么搞好协调服务呢？

赵副主任：小王能吃苦肯干事，但一忙起来喜丢三落四，不注意轻重缓急。那次县文明办来检查清洁卫生，结果我们办公室没打扫，被全县通报批评。事后追问，这个推那个，那个推这个，都踢皮球，最后都说是小王值日，而小王又做其他事去了。年轻人嘴上无毛，办事不牢，有时捡了芝麻，丢了西瓜，造成不良影响就无法挽回了。

老李：小王是个热心快肠的人，肯帮别人做事，见我年纪大了，经常为我查资料、搞校对，可惜就是粗心大意了点。那次写那个报告，当然可能也是连续加班，熬得头昏眼花了，结果两个错别字没校对出来，让领导在台上把字读错了，引得下面一阵窃笑，这也是个不小的失误呢。

……

当然这些话小王不知道，小王只感到很烦恼，很委屈。他任劳任怨地做事，没日没夜地加班，不想竹篮打水一场空，一番努力付东流，最后竟连一个打字员都比不上。他诅咒社会的不公，厌倦竞争的残酷，他工作的热情被这瓢冷水兜头一浇，一下子降到了冰点，他觉得很有必要换一种新的活法。

自此，小王果真像换了个人，不仅沉默少语了许多，也消极低沉了起来，对工作睁只眼闭只眼，大有一种事不关己，高高挂起的做派。

那天早上上班，办公室脏不拉几的，明显没人打扫。张主任问是哪个值日，大家你看我，我看你，最后又一齐看着小王。小王犹豫了下，说不是我呢，按原来值日表安排，应该轮到赵副主任了。赵副主任拿起拖把，说这么久没拖了，都把这事忘了。张主任便把值日表贴上，以后大家都按部就班轮流值日了。

那次小王在写材料，同事老钱来了，说私人打个交道，替我值天班，我有点事想回趟老家。但这次小王委婉拒绝了，他笑着说，领导正在等着看我的材料呢，若是因为替你值班而让我挨了批评，你也会于心不忍的。老钱默默走了，也没再找人顶班。

又一次，有人来找一份文件，恰好管档案的老杨不在。个把小时后，老杨才回来，把那人打发走。老杨有点生气，他责怪小王说，那份文件是你起草的，放在哪里你比我更清楚，你让人家在这里死等，屁股都坐起硬茧了！小王有些不好意思，笑着打趣说，档案可是你专管的，我可不敢随便侵权呀，万一文件泄密了，谁担得起这个罪责呢？

……

对于这些事，如果换成以往，小王是会积极主动上前，替领导分忧，为同事补位的。但现在却冷眼向洋，看水流舟，只扫自家门前雪，不管他人瓦上霜。他常常在内心深处进行自责，感到内疚而苦恼。同时，他又怕同事在领导面前说他的坏话，在工作上给小鞋他穿，于是谨小慎微如履薄冰，每天在矛盾和痛苦的旋涡中挣扎。

又到年终了，局里又要评选一名青年标兵。此前局里调进了不少年轻人，再加上自己的表现不尽如人意，小王早就不抱任何幻想了。但最后领导一宣布，竟然是他。

同事嚷嚷着要小王请客，酒至半酣，张主任端起酒杯说，小王呀，敬你一杯，一年来辛苦了，你不仅找准定位，尽职尽责，做好了本职工作，而且使办公室的无序混乱变得井然有序，确保各项工作都取得了好成绩，你这个标兵当之无愧众望所归呀。

那次小王喝了好多酒，好像喝醉了，事后吐又吐不出来，只是堵在心里好难受……

老 板

大年三十上午，一辆黑色乌龟车驶进旮旯村。

来人西装革履，红光满面，村人一时没认出来。还是那人主动招呼，大叔大婶好，我是狗娃呀。

随着这声招呼，整个旮旯村就躁动了，就像平静的天空响起一声雷。

这可是旮旯人第一辆小车，车前很快围满了人。大家指指点点，谈论纷纷，满是钦佩和羡慕。

狗娃娘端出一盘糖果，大把大把分，伢崽你争我抢，一阵骚动。

狗娃也掏出香烟，颔首微笑，一一分给乡亲。

狗娃又为根叔点火，根叔是村长，拿烟的手抖着，几次才点着。根叔深深吸一口，又从鼻孔冒出来。他咳嗽下说，大城市东西就是不同，连烟味都这样香醇，肯定很贵吧？

狗娃也吸着烟，笑着说，不贵不贵，一支才两元多钱呢。

根叔愣了一下，瞪大眼问，两元多钱？一支烟还是一包烟？

狗娃弹弹烟灰说，我平常都吃这种烟，只500元一条呢。

根叔不吸了，长叹一声说，一根烟就是几包盐，一条烟就是一头猪，我们乡下人没福气，吃了折寿呀！

根叔接着说，狗娃呀，十几年没回了，没想到你成大老板了，你在深圳干么大事业呀？

狗娃吐着烟圈说，办一个公司，管几千人吃饭，现在外面竞争激烈，想做点事难呀！

根叔又说，现在我们村学校风吹两边倒，老师懒得教，伢崽也懒得学，好多伢崽都闲在家里，如果你们公司要人，那去找你怎样？

狗娃忙说，好呀好呀，我们公司正缺人，不过只招女工，到时跟我联系吧。狗娃叫人拿来纸笔，报上手机号码。

下午，牛娃回了，是乘班车回的。

牛娃是村里唯一一个大学生，也在深圳打拼，也有十几年没回了。

牛娃在家门口，碰上了根叔，就上前分烟。

根叔接过一看，牌子好像跟狗娃分的一样。根叔说，牛娃呀，这烟丝金黄金黄的，肯定很贵吧？

牛娃笑着说，哪里哪里，跟家里的差不多，几元钱一包。

根叔好像没听清，又问，是一根几元钱，还是一包几元钱？

牛娃跟根叔点火，自己也吸一根，说，一包几元钱，我一直吃这种烟。

根叔吸了一口，叹口气说，在外面挣钱也不容易，是要节省点，你在那边是做什么事？

牛娃说，愧对父老乡亲呀，混了这么多年，只开了一家小公司，刚起步，压力大呀！

根叔笑着说，还是你和狗娃有出息，都成老板了。现在村里学校千疮百孔，教师懒得教，伢崽也懒得学，好多伢崽都在家放牛打草，不知道你们公司要人不？

牛娃说，公司普工招得少，到了深圳，跟我联系再说吧。牛娃丢掉烟蒂，抄下了手机号码。

开春，根叔的女儿小凤与村里几个女伢去深圳打工，焦头烂额跑了几个月，也没有找到工作。山穷水尽时，小凤想起了根叔给的两个号码。

小凤先拨通了牛娃的手机。牛娃很快到了，把她们带到宾馆，先安排好住的，然后陪她们吃饭。

吃好饭，牛娃不好意思地说，公司普工已招满，再招最低是大学生，你们初中都没读完，出来很难找工作，即使能找到，也是几个血汗钱，我给你们每人几百元路费，明天还是都回去读书吧。

几个女伢接过钱，气鼓鼓地走了，说打肿脸充胖子，水货老板一个！

小凤只好又拨通了狗娃的手机。狗娃很快来了，高兴地把她们接走。

后来，几个女伢大把大把向家里汇钱。这几家也鸟枪换大炮，旧貌换新颜，做了平顶房，添了大彩电，买了摩托车，娶了新媳妇，日子越过越滋润。

逢年过节，这几家就提几斤肉送几个蛋给狗娃娘，说托你家狗娃的福呀，闺女在外人生地不熟，多亏这些年狗娃的关照！其他人也谈论，狗娃财大气粗，又有家乡观念，别看他斗大的字认不了几个，但比起牛娃强多了，墨水喝得再多也不养人呀！狗娃娘就笑靥如花，一脸幸福。

过了几年，一个老板投资300多万，为旮旯村建一所希望学校。

落成庆典那天，老板来了，原来是牛娃。

牛娃坐在台上，动情地说，我不是老板，我们村也没有老板，其实我们村缺少的不是老板，而是教育和知识。只有把伢崽培养好了，我们村才能走出好多老板，我们村才能早日脱贫致富。说罢，台下响起一阵热烈的掌声。

庆典完毕，根叔把牛娃拉到一边，关切地问，牛娃呀，原来你才是大老板，你真是行善积德呀！狗娃怎么没回呢？小凤她们最近怎么老联系不上呢？

牛娃说，最近小凤她们出事了，狗娃也回不来了。牛娃从包里拿出一份报纸，递给根叔，说上面都写着呢。

根叔看着报纸，手越来越颤，脸越来越白，最后报纸滑落到了地上。

根叔愣在那里，哭了。

大伯与烟

今天，大伯来县城，找到我家。

大伯这次是找我有事。原来大伯的儿子大学毕业了，一直没找到工作。这次听说 N 局想聘用几个临时工，便闻讯赶来。大伯说，人活一张脸树活一张皮，我与你婶这些年砸锅卖铁，供你弟读完大学。如果让你弟去打工，那我这张老脸放哪呢？如果让你弟在县城找份工作，也像你这样端国家饭碗，那我在乡亲面前说话也亮堂呢。

下午一上班，我带大伯直奔 N 局，先找办公室陈主任领张表格，然后才可以考试。

见了陈主任，大伯急急从上衣口袋摸出一包烟，那是"星火"烟，七元钱一包。大伯的手像松树皮，抖索得厉害，几次都找不到撕口，急得额头沁出了汗粒。最后大伯干脆用手一抠，抠出一个豁口。大伯拿出一根，弓着腰，堆着笑，双手递上。不想陈主任伸手一挡，说老人家别客气，我不抽烟呢。大伯顿时脸涨得通红，手抖着缩了回来，像个很没趣的孩子。陈主任转头对我说，目前报名名额满了，不过报名的还没有像你弟这样专业对口的本科生，我再向领导反映下你弟的情况吧。陈主任说完就拿出一支烟，独自抽起来。那是"黄鹤楼"，30 多元一包。

大伯刚进去时还满脸阳光，不想一出来就晴转多云，怅然若失。大伯叹一口气，把那根陈主任没接的烟递给我，说点上吧，别浪费了。我用手一推，说大伯你抽，我嘴干呢。大伯脸一沉，说，你也嫌这烟不好吗？我不好推辞，忙接了过来。

大伯把那包"星火"装上上衣口袋，不想从下面裤袋里又摸出一包烟，点燃一根抽起来。那烟盒皱巴巴的，就像大伯额头的皱纹。那是一包"永新"烟，一元多钱一包。大伯说，我平时在家抽惯了这种烟，你们城里的烟虽然贵，但像白开水寡淡无味，而我这种烟有冲劲，就像乡下的烧酒呢。我没有接话，只是一口一口吸着，感到嘴里又苦又涩。

晚饭后，我对大伯说，还是买点东西去上上陈主任的门吧。大伯一愣，说陈主任不是说报名名额满了吗？我一笑，说陈主任话里有话，是想我们上门烧香拜佛呢。大伯紧锁的眉头舒展开来，说这些我们乡下人不懂，该烧的一定要烧，该拜的一定要拜，只要有名额就好。我接着说，你家也困难，陈主任抽烟，你就买两条好点的烟吧。大伯一个劲点头，急急出去买了。

很快，大伯买来两条烟，装在薄膜袋里。我们找到陈主任家，陈主任很热情，又是递烟又是倒茶。我道明来意，说请陈主任多多关照。陈主任笑着说，你弟是个人才，我已经向局长汇报了，局里正在研究追加名额。我见该说的话说了，就起身告辞。刚到门口，陈主任提起门边的烟一看，说大伯你也真是的，到我家来还客气个啥，快提去快提去。陈主任不容分说，就把烟塞进大伯手里，把门关上了。

我先是尴尬，继而纳闷。到路灯下解开一看，原来那是85元一条的烟。我说今天东西没收，这事肯定黄了，他是嫌这烟便宜呢。大伯跟在后面，耷拉着头，不住自责，像一个做错事的孩子。

第二天晚上，大伯把我带到超市，说你们城里的人情打送我不懂，今天由你做主，该买什么就买什么，只要把事情办好。我选好两条烟，大伯抖着手伸向内衣袋，好一阵子才摸出一个塑料袋。解开袋，里面是一方破手帕。打开手帕，里面全是钱。那些钱皱巴巴，黑乎乎，大多是几元几角几分。我连忙掏出几张大票子，涩涩地说，今天这钱我来付。大伯一把按住我的手，说你去年买屋欠了不少账，你比我还困难呢。说罢，把钱交给了收银员。

当晚，我与大伯再次拜访陈主任，陈主任笑着收下了烟。

第三天一大早，大伯就起来了，说先回去忙农活，等有消息了再通知他。我把那两条没送出去的烟装好，让大伯提回去。不想出门时，大伯悄悄把烟塞进柜子里，我送大伯到了车站才发现。我急着回去拿，大伯拉住我，说我在你家住了这几天，每天肥鱼大肉的，再说这烟一包斤把肉，一条担把谷，乡下人吃了折寿呀。我赶快掏出 200 元钱，塞给大伯。大伯马上又塞给我，沉着脸说，难道你也像陈主任，也嫌那烟不好吗？我一时语塞，望着大伯上车远去，视线渐渐模糊。

第四天，陈主任通知我去领来了表格。我拿着表格向乡下赶去。

到了大伯家，大伯刚从田里回来，正坐在门磴上吸着旱烟，腿上鞋上糊着泥。我一怔，说大伯你不是抽纸烟的吗？现在乡下还有谁吸旱烟呀？大伯一笑，说到你们城里，那是打肿脸充胖子，你弟读书欠了一屁股债，我只好戒了纸烟，节约一分是一分呢。我的心隐隐作痛。我赶快拿出表格，说让阿弟赶快填好，再好好复习下，准备考试吧。大伯没有我预想的那么高兴，他慢慢吐了一口烟，说，这表不填了，这试也不考了。现在城里办事不认理，只认钱。领个表格都要这样折腾，听说即使考上了，还要这体检那政审，还要这签字那盖章，最后还要局长一锤定音。这沟沟坎坎也太多了，咱们穷人家怎么趟得过？大伯一边磕着烟灰，一边唉声叹气地接着说，我与你婶身体不好，本想你弟留在县城，平时有个头痛脑热，也好有个照看，但最后我与你婶一合计，还是让你弟去广东打工了。

我真不敢相信自己的耳朵，我一句话也说不出来，我的手微微颤抖着，表格悄然滑落。

大伯又说，侄呀，你是湾里喝墨水最多的，也是湾里唯一吃皇粮的。你要好好努力，将来也搞个官当当，乡亲们去县城办事你行个方便，免得再求神拜佛了。

我明知道自己当不了官，但我还是一个劲点头。我勾下头捡起表格，任泪水夺眶而出。

吃好中饭，我搭车回城。临上车时，我把一包烟塞给大伯，说大伯我禁烟了，这烟你留着吧。

烟盒里其实只几根烟，只是还夹着 500 元钱。

车开动了，我把那张表格撕得细碎，一把丢向窗外。

那些碎片像一只只白蝴蝶，在风中打着旋，慢慢飘落……

过滤话筒

　　为了让会议开得更短更有实效，子虚县特意购买了一种最新科研成果——过滤话筒，装在会议中心主席台上。这种话筒能把假话大话空话过滤得无声无息，只把真话实话传播给听众。在主席台上讲得最多最长的其实还是县领导，足见这一届县领导兴利除弊的勇气和决心。

　　那次贾县长主持召开一个会议。先是一个村主任代表发言，他说的多是村民的困惑和呼声，大多数听得清清楚楚，只有几句话被过滤掉了，赢得了一阵热烈的掌声。接着是一个乡长代表发言，他讲的是当前地方经济存在的问题，并提出了一些建议，前后只有几十句话被"消声"了，也赢得了一阵掌声。最后是贾县长总结讲话。贾县长喝一口茶，把话筒扳高点，靠近嘴巴。他说要进一步统一思想，提高认识，增强做好工作的紧迫感和责任心；要进一步明确重点，强化措施，确保完成各项工作任务；要进一步加强领导，转变作风，为跨越式发展提供组织保证……贾县长在台上讲得抑扬顿挫，声情并茂，但台下只是偶尔能听见几句，原来贾县长的话绝大多数被话筒"枪毙"了。讲着讲着，贾县长的额头沁出了汗粒，脸由红转白变黑，声音微微抖颤起来。贾县长的讲话稿十几页一万多字，最后台下听见的却只百把多句两千来字，自然没有赢得一点掌声。

　　一散会，贾县长就把政研室李主任叫去，把讲话稿一下扔到桌上，脸黑得出水地说，你这文章是怎么写的！你让我在台上出这么大的洋相！难道我不是一个求真务实的领导吗？难道我的水平比那些村长乡长还差吗？李主任面如土色，冷汗涔涔，一句话也说不出来。

　　又一次开会，李主任战战兢兢地交上讲话稿。这次会议效果都很好，乡、村代表的发言被话筒"枪毙"的很少，都赢得了一阵掌声。轮到贾县长讲话了，他说现在征地难，主要是以前不管什么老板来投资，我们都给最好的土地最低的价格，结果有的一圈几百上千亩，一拖几年不启动项目，现在大老板好项目来却无处立足；他说现在财政还穷，大家要勒紧裤带过日子，要多理解多支持少抱怨，我们曾借用了一点库区移民扶持资金，要尽快想法补发；他说现在安全生产死灰复燃，形势严峻，到目前全县已死亡 10 人……贾县长讲得实在平和，基本上被话筒通过了，台下响起热烈的掌声。贾县长露出了欣慰的微笑，李主任也如释重负松了一口气。

但刚过一天，贾县长又把李主任叫去，又把那讲话稿一下丢到地上，阴沉着脸说，不知你这主任是怎么当的！怎么没有一点政治敏锐性，不注意一点讲话的分寸呢？李主任云里雾里，目瞪口呆。贾县长接着说，你没听说吗，为那征地圈地的事，人大代表正在调查，要向我们班子问责呢；还有那借用库区移民资金的事，你现在到政府门口去看看，都被上访的群众围得水泄不通了；还有那安全生产死人的事，刚才市里打来电话，说今年我们县里只上报 5 人，另外瞒报了 5 人……特别是这安全生产，那是要一票否决，要摘帽子的，你这样写，该不是对我有什么陈见吧？这下李主任清楚了，顿时脸变得惨白，双腿一个劲打战，恨不得有道地缝钻进去。

经过这两次批评，李主任的自尊心遭到了毁灭性打击，他的精神防线快崩溃了。他不言不语，不吃不喝，在床上躺了一天一夜。

又一次上午开会，李主任又写了一份讲话稿。不想这次乡、村两级代表发言被"消灭"了很多，只有贾县长的发言"枪毙"得少。下午接着开会，依然这样。最后县长批评说，前几次开会各位代表讲得很实在，但这次都不尽如人意，希望大家一如既往，多下基层听民声解民忧，认真对待每一次会议，认真说好每一句话。发言的代表脸上火辣辣的，怪自己平时忙于应付总是浮在半空中，而对务实的贾县长油然而生敬意。

后来，贾县长讲话被"消声"的越来越少，讲得也越来越有激情，但台下的掌声却越来越少了。当然掌声还是有的，每次贾县长最后讲完时，台下那些刚才还在发着信息，或小声说话，或打着瞌睡，或吐着烟圈的，就一齐举起手，用力地拍个不停。显然这掌声不是因为讲话入耳入心鼓舞人心，而是如获大赦庆幸讲话总算完了。

一散会，大家就急急向外走，有个熟人碰上李主任，就打趣说，你现在写领导讲话越来越有水平了，每次我一听就陶醉，一陶醉就昏昏欲睡呢。李主任脸微微一红，苦涩一笑，没有答话。

其实李主任有个秘密没说，台上的过滤话筒已被更换了，更换后的话筒恰恰相反，能把真话实话过滤得无声无息……

救　人

村前，一口水库。

库水绿莹清亮，波澜不兴，像一只深邃的眼。

小孩喜欢在库边玩，摸虾、钓鱼、打水漂、割水草，稍有不慎，就掉进水里。

一天，骄阳似火，水库传来小孩的呼救声："有人落水啦！有人落水啦！"

离水库最近的是水生家。

水生从地里锄草刚回，他赶快丢下锄头，顾不上喝一口茶，急急跑到水库，衣服也没脱，一下子跳进齐膝深的水里。小孩得救了，水生弄得污头泥脸，满身腥臭。

小孩的父母很是感激，请水生上门喝酒，并几次送来肉蛋。水生酒去喝了，但东西都退了。

一天，下了雨，水库又传来小孩的喊声："救命呀！有人落水啦！"

水生正挑一担粪准备去施肥。他赶快把粪桶一甩，心急火燎奔到库边，连草帽也顾不上摘，一下子跳进齐腰深的水里。经过一番折腾，水生把小孩推上了岸，自己也喝了一肚子污水，脚还被碎石划了几道口子，鲜血直流。

小孩的大人送来名烟好酒，并让小孩认水生为干爸。水生笑着认了干崽，但东西一样也没要。

一场暴雨过后，库水猛涨，都有一人深了。

一天，水库边又传来小孩的呼救声。

水生感冒了，正请医生在家里打吊针。听到喊声，水生在床上一下子弹起，一把扯掉针头，用力推开大门，风一样跑到水库，一头跳进水里。

水生手忙脚乱，乱划乱踢，水花四溅，就是游不动。等他好不容易靠近小孩时，小孩一下子沉入了水底。他自己也体力不支，慢慢下沉。幸好两个大人及时游来，把他救上岸。

小孩死了，小孩的父母呼天抢地，肝肠寸断。

小孩入土后，小孩的父母去责问水生："你入水后，怎么没救我孩子？"水生说："我感冒了，全身像棉花一样软。"小孩的父母说："你一个大男人，再怎样生病，救一个小孩是没问题的，你前两次不是都救起来了吗？你该不是想起我们两家以前一些口角是非，你就见死不救？"水生急了，涨红着脸，结结巴巴："我怎么会……这样呢？我是……这样的人吗？其实……我不会……游泳。"小孩的父母瞪大眼睛："啊，你是旱鸭子！那你瞎掺和啥？如果你不下水，随后赶来的两个会水的大人肯定会救起我的孩子。他们见你在水里，以为你能救，就没下水了。你这害人精，是要遭报应的！"

小孩的父母又哭又闹，不肯罢休。

水生气得脸色惨白，全身颤抖，一下子瘫倒床上，大病了一场。

一天，水库边又传来小孩的叫声："有人落水啦！快救命呀！"

水生正准备吃饭，他赶快把刚端起的碗一推，把筷子一丢，连一口扒到嘴边的饭也没咽下，起身就朝门外跑。

水生的老婆一把拉住："去哪？"

水生说："救人呀！"

水生的老婆说："你上次吃的亏还不够？你的病好了才几天？你还想拿热脸去贴人家的冷屁股？你不去救难道就没有别人去救？"

水生挣扎着，但被他老婆死死拉着："你今天如果不听我的话，我也去跳水淹死算了！"

水生拗不过，有气无力地瘫软下来，闷闷地吸着旱烟。

两袋烟工夫，外面大呼小叫起来，伴着许多人的哭声，显然有小孩淹死了。

水生两天都没出门。第三天一出门，对面的人看见他来了，脸一沉，赶快扭过头去；有的等他走过去，在他背后嘀嘀咕咕，指指戳戳；有的等他走出好远，脚用力一蹬，朝他背影狠狠啐一口痰。他只好无趣地往回走，正碰上族长兴德爹。兴德爹说："水生呀，救人一命胜造七级浮屠，你怎么能见死不救呢？你真是造孽呀！"水生脸刷地红了，额头沁出汗粒，嘴唇颤动着，一句话也说不出来。

晚上睡觉，水生突然从梦中惊醒。他翻身起床，赤着脚，晃悠悠，向外走。他老婆赶快把他拉住："你去哪？你干吗？"水生说："我去救人，刚才听见有人落水了。"他老婆说："三更半夜的，哪有人落水，净说梦话，快睡。"但刚躺一会儿，水生又从梦中惊醒，冷汗湿了内衣，又说去救人。他老婆只好又把他拉住。如此折腾几次，窗外不觉光亮。

又一天，水库又传来呼救声："秀英落水啦！秀英落水啦！"

秀英是水生的女儿。水生飞一样跑到水库，一下子跳进齐肩深的水里。他嘴大声地喊着，手笨拙地划着，脚胡乱地踢着。他呛了一肚子水，好容易站稳脚跟，朝水面搜寻，却没有看见人影。他再朝岸上一看，发现秀英正站在桥头，在一个劲喊他。这时旁边聚了不少大人，都朝他哈哈大笑。

水生狼狈地爬上岸，粗声说："你们这样捉弄人，也太缺德了吧！"

一个村民说："别人的孩子你不救，自己的孩子你就救，到底是谁缺德呢？"

水生气得脸色发青，领着秀英回去了。

又一次，水库又传来小孩的呼救声。

水生想起上次的恶作剧，没有出门。

过了一阵，水生家门前嘈杂起来，水生老婆扯天扯地地哭。水生冲出门一看，秀英湿淋淋躺在地上，早已没了气。水生一下子栽倒，昏死过去。

水生在床上躺了一个月，经常在梦中惊醒，头发白了一半，人一下子老了十几岁。

一天，山洪暴发，水位直线上升，连水库那座桥都淹了。

中午上学时，水库边又有小孩大声呼叫："救命呀！救命呀！"

很快，一个人像小鸟一样飞来，一下子跳入湍急的水流中。

过了很久，那个小孩被推上了岸，但那个人被水流冲走了，再也没有上来。

　　那个人就是水生。

　　其实，水生小时候也落过水，也是被人救起来的。

　　只是水生走了，这个秘密也就没人知道了。

 举 报

陈克和张庆是两对门，又是一对好朋友。

两人能成为好朋友，主要缘于相同的爱好兴趣，对文学一往情深。

两人那时都年轻，每天挥洒着激情和才情，如饥似渴地阅读经典，通宵达旦地播种文字，默默放飞着青春的执着和梦想。

两人有时也坐到一起，聊聊写作的收获和喜悦，谈谈爬格的苦累和困惑，最后要走了就微笑致意，击掌鼓劲。

天道酬勤，两人很快在文坛崭露头角，一些作品也经常出头露面于名报大刊，朋友都为这对"黄金双笔"拍掌叫好，并祝愿一路走好。

但陈克就此拐了个弯，他没有沿着方格继续爬下去，而是踏上了仕途，而且仕途通达，步步锦绣，不过几年时间，就坐上了局长宝座。

成了局长的陈克就不是原来的陈克了：出门有小车，下乡有随从，饿了去酒店，累了去休闲，有时外地取经，有时国外考察，特别是逢年过节，送礼者更是敲门不止。日子就这样有滋有味多姿多彩，完全没了以前的清贫和苦涩。

但张庆还是钟情缪斯，痴心不改，苦中找乐，笔耕不辍，好像非要在文坛闯出一片天地。

张庆经常发表文章，有时样报样刊来了，他就心怦怦跳，急急翻开，在上面寻找自己的大名，然后满脸阳光递给同事，说请批评指教；有时稿费单来了，百把几十元一张，他就骑着自行车急急取来，一回家就大声嚷嚷，发财了发财了，晚上请各位出去撮一顿。

他孩子乐得拍手叫好，他老婆却阴沉着脸，粗声说，看你屁颠屁颠的，不就是百把块钱吗，竟像抱回个金菩萨，还抵不上人家一包烟呢。

叫你不要写那些鬼文章，用点心思去挣几个钱，但你就是不听，看来你是要吊死在一棵树上了。树挪死人挪活，你看人家陈克，笔一扔，现在不是出息了吗？风光了吗？吃不穷用不穷，嫁错男人一世穷，我这是前世做多了孽呀！

这盆冷水兜头一浇，张庆一下子从头凉到脚，一点高兴劲儿都没了。他把那点稿费往桌上一扔，到书房生闷气去了。

此时，对门陈克的老婆也在熊陈克：看你忙的，现在竟把家当成了宾馆，把宾馆当成了家。你看对门张庆多好，每天陪着孩子做作业，陪着老婆散步，陪着父母聊天。我叫你不要随便在外吃饭，你就是不听，你还嫌"三高"不高吗？你如果把身体吃垮了，当这个芝麻官又有啥用呢？你以后也别让那些人上门了，吃人嘴软，接人手短，我可不愿意每天担惊受怕。我真羡慕张庆两口子，日子虽然清汤寡水波澜不惊，但相濡以沫真真实实，平平淡淡点好呀。

陈克听了，长叹一声说，人在江湖，身不由己，做人累，当这个萝卜头更累呀，其实我又何尝不想过下平淡的生活呢？

不久，陈克出事了，有人举报他收受钱物，被纪委请去了。所幸数额不是很大，虽然乌纱帽戴不成了，但还不至于判刑坐牢，总算可以过下平淡的生活了。

后来，不想张庆也投笔从政，官运亨通，没用几年就捞了个局长当当。

当了局长的张庆也不是原来的张庆了：每天开着小车，带着秘书，出入餐饮休闲中心，喝得脸红脖粗，玩到深更半夜；有时本地待腻了，就打个报告出外考察学习，潇洒走一回；遇上过年过节，求情办事者也是大包小包，络绎不绝。张庆脸上每天泛着红光，漾着春光，再也找不到一丝昔日的郁闷和落寞。

后来，不想张庆也被纪委"双规"了，听说是收受贿赂，被人举报了。所幸张庆也没有锒铛入狱，只是由一局之长贬为一介平民。

两人退下来后就清闲了，一边在心灵深处忏悔和反省，一边又重操旧业，搞起了文学创作。两人在官场摸爬滚打多年，世情更明了，思想更深刻，心态更平和，笔力更老到，随意为文，字字珠玑，大报要刊，登堂入室，编辑约稿，记者访谈，黄金双笔，名声再起。

两人经常出来散步，碰上了就一起坐坐，聊聊创作的酸甜苦辣，谈谈人生的祸福得失，话里含着沧桑和慨叹，但更多的是淡然与平和。

有一次两人聊着，陈克感慨地说，真得谢谢那个举报者，如果让我越陷越深，说不定现在还蹲在牢里呢。张庆也叹口气说，是呀，我也得谢谢那个举报者，如果不是他让我趁早收手，也许现在陪你说话的就不是我了。

陈克沉默了一会，颤动着腮帮，嗫嚅着说，你真能原谅那个举报者吗？其实……其实……那个举报者……是我呢。

张庆呆愣了，看着陈克，半天说不出话来。很快，他涨红着脸，结巴着说，其实……举报你的那个人……也是我呀。

两人你看我，我看你，泪花闪烁，默默无语。

突然，两人紧紧拥抱着，轻轻抚摸对方的肩头，任微风拂着斑白的头发，任老泪沿着脸颊流下来。

傻　根

　　家宝家根两兄弟，父母死得早，靠百家饭长大。

　　家根是弟弟，长得傻头傻脑，见人就傻笑，外人都叫他傻根。

　　所幸哥哥家宝是个有灵性人，会做一手好篾匠。农闲之时，他拿着篾刀，走村串巷，去编织些晒簟簸箕等物件，赚几个零碎钱花花。

　　一艺在手，吃穿不愁。乡下人有门手艺，那还是蛮被人看重的。等家宝嘴唇有了胡须，成了大小伙子，就有人上门说媒，与一个姑娘定了亲。

　　那姑娘叫水莲，虽谈不上五官清秀，但也丰乳肥臀，高挑白嫩，让一些后生看了心跳加速，不住咽口水。

　　水莲第一次到家宝家，傻根正在院子里捉虫玩，蓬头垢面，鹑衣百结。水莲先打来一盆水，帮傻根洗干净脸。再帮傻根换衣，搓洗，晾干，缝补，穿上。最后去菜园扯些瓜菜，刷锅洗碗，生火做饭。那天的饭菜香喷喷热腾腾，傻根筷子像闪电，喉咙咕咕响，一连吃了几大碗，直撑得叫肚疼。吃好后，傻根碗筷一丢，用袖头揩揩鼻涕，倚在门边，朝水莲直笑。家宝看不顺眼，上前一下揪住他耳朵说，你这蠢猪，只知道傻笑，还不快叫嫂子。傻根捂着耳朵，结巴叫了一声嫂子。水莲就微微一笑，脸也有些红。

　　到了腊月，鞭炮阵阵，唢呐声声，一乘花轿把水莲接回了。刚进家门，水莲就把包袱里的花生红枣钱币一下撒在地上，那些小孩就你推我搡你争我抢，傻根也在其中，抢得分外卖力。水莲进到睡房，就有人端来一碗糖水蛋。水莲叫来傻根，分两个蛋他吃。傻根囫囵吞下，又站在门边，朝水莲直笑。水莲的脸粉红着，一身衣服也粉红着，就像一朵粉红的莲花，含娇绽艳。

晚上，闹好洞房，傻根就睡了。半夜时，傻根给什么声音弄醒了。一听，那声音来自哥哥的房里。傻根和哥哥的睡房仅一墙之隔，且墙没有封到顶。那声音真真切切，有木板床的吱吱嘎嘎声，有哥哥粗重的喘息声，有嫂子欢快的呻吟声。但在傻根听来，嫂子发出的是哭声，哥哥正在打嫂子呢。此时傻根想起了嫂子，想起了嫂子粉红的脸，想起了嫂子喷香的菜，想起了嫂子甜甜的糖水蛋。嫂子的"哭声"越来越急促，越来越强烈，傻根再也躺不下了，他一下弹起来，一下撞开哥哥那扇破木门，一下拉亮哥哥房里的电灯……后面的事就不必多讲了，反正傻根受到了严厉的惩罚，当场被哥哥揍得鼻青脸肿，好几天都起不了床。

一年后，水莲生了个儿子，粉嘟嘟，胖墩墩，大家都叫他小胖。

小胖越长越可爱，可家宝出事了。那时是生产队，家宝去外地出公差修水库，炸炮时被一块飞石击中。水莲抚着家宝的骨灰盒，呼天抢地，捶胸抓土，几次昏倒。傻根不知道哥哥死了，仍然傻笑着，端着骨灰盒左看右看。旁人就直摆头，流着泪，走开。

也许是想到家宝因公出事，或念及水莲孤儿寡母，后来生产队长安排水莲做事，多安排些轻体力活，如割割草喂喂猪扬扬场等，给她记的却是男劳力的 10 工分，让水莲很是感激。

一天晚上，傻根又被嫂子房里的声音惊醒了。先是嫂子一声惊叫，接着是一个男人一阵推拉撕扯，最后是嫂子蒙着被子嘤嘤哭泣。傻根知道嫂子又被人"打"了，但他没有起来，他想应该是出公差的哥哥回来了。这次他再也不敢出手相救了，他摸摸上次的伤疤，还隐隐作痛呢。不久，窗户吱呀一响，好像有人跳了出去，房内复归平静。

次日早上，傻根前屋后院都找遍，也没见哥哥的影子。水莲坐在床边，双眼呆痴，成了红桃子。傻根比画着问，哥呢哥呢？水莲就一下瘫倒床头，抓着被子，号啕大哭起来。

傻根从此多了个心眼，每到晚上，就拿根木棍，躲在窗前，守着。

一天黑夜，果真一个人蹑手蹑脚来了。刚爬上窗台，傻根突然出来，抢起木棍，一阵猛揍。随着啊哟一声，黑影跌滚下来，重重摔在地上，一拐一瘸逃了。

后来，生产队长对水莲的态度有了变化，有一次沉着脸说，水莲呀，家宝死了我们都很难过，但你一家三张嘴，只靠你一双手，怎么养呀？以后的事你要做多点，做重点，不然让别人为你养人，都有意见呢。水莲只好默默点头，泪水随之出来了。

从此，水莲为挣个10工分，每天轻一担重一担泥一脚水一脚，跟着男人跑。一次生产队抢收，其他女人在田里割谷喂谷，水莲只好挑着一担箩谷，跟在男人后面赶。男人有力气，有耐力，一下子把水莲丢了好远。上一陡坡时，男人揩一把汗，歇一口气，一下子上去了。水莲上到一半，就气喘吁吁，腰酸腿软，头昏眼花，瘫倒在地。此时她想起了男人家宝，她骂家宝你这死鬼呀，你怎么说走就走了呢？你怎么忍心丢下我在这里受罪呢？话一出口，泪也出来了。

水莲揩下眼，撑起腰，准备挑上坡。忽然，她听见了哭声。一看，傻根抱着小胖来了。傻根带着小胖在坡顶看蚂蚁搬家，他上前指着小胖说，饿饿。水莲赶快解开衣襟，给小胖喂奶。傻根看见那担谷，竟一下子挑上肩，左摇右晃上坡，像只大螃蟹。水莲突然发现，傻根长大了，虽然笨手笨脚，但身强力壮，背影恰似家宝。傻根很快挑上坡顶，一会儿又倒完谷，挑担空箩回了。水莲一边喂奶，一边叫傻根坐下歇歇，并笑着说，家根呀，你都能帮嫂子做事了，大人了呢。傻根没有答话，只是死死盯着水莲那大白馒头一样的奶，连嘴角的涎水都流出来了。水莲脸微红，笑着问，家根呀，你也想吃嫂子的奶吗？傻根傻笑着，点了点头。水莲又笑，说你真是傻根，嫂子的奶是给小胖吃的，嫂子以后给你讲个老婆，让你吃你老婆的奶，好不？傻根揩下口水，点了点头。

家里没有男人，就像没有顶梁柱，日子就难以撑持。一些好心人纷纷上门，为水莲介绍男人。男人来了一拨拨，有的一眼就相中了水莲。水莲笑着说，看上我并不重要，重要的是要看上家根，不管是我嫁出去还是你来倒插门，我都会把家根带在一起的。男人看看一旁傻笑的傻根，都摇着头走了。

一天，水莲穿戴一新，摆上酒席，请来左邻右舍亲房叔侄，说今天我要结婚了，请大家来喝杯喜酒呢。众人一惊，忙问，结婚？跟谁结婚？平时怎么没听说？水莲羞红着脸，微笑着，指指旁边的傻根。

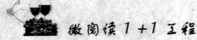

晚上，水莲叫傻根进去一床睡，傻根不肯，说男人跟嫂子一起睡，就打嫂子呢。水莲就笑，说家根跟嫂子一起睡，也打嫂子吗？傻根说嫂子对我好，我不打嫂子呢。傻根就慢腾腾进去，睡在了水莲身边。水莲又拿出奶，说家根你不是想吃奶吗，你吃呀。傻根侧过脸，说这是小胖吃的奶，我吃我老婆的奶呢。水莲抚着傻根的头，哽咽着说，家根呀，从今晚起，我就是你老婆了，你吃吧。

傻根揩下水莲的泪水，张嘴吃起奶来。吃着吃着，竟像小胖一样睡着了。

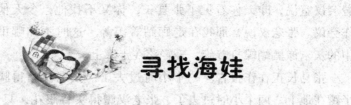

寻找海娃

岽兄人去县城后回来，说海娃丢了。

开始是一个人两个人说，张老汉将信将疑。后来说的人越来越多，直到每一个回来的人都这样说，张老汉就信了。

一个大活人，一个大老爷们，听说还每天在县城的电视上晃荡呢，怎么会丢失呢？张老汉带着疑虑，向县城赶去。

张老汉毕竟年近古稀，等他挤下车来到县政府，已是头重脚轻，接不上气了。

张老汉颤巍巍地往政府大门里走，不想被守门的信访员拦住。信访员说，老人家你找谁？张老汉说，我来找海娃。信访员说，海娃？大楼里没有叫海娃的，你可能走错了。张老汉急着说，你这没有叫海娃的，有叫张海的吗？信访员说，有叫张海的呀，就是我们张县长呢，你是来上访想解决什么问题的吧？张老汉说，我不是上访的，我是海娃的亲戚，听说海娃丢了，我来找他呢。信访员一笑，说老人家真会开玩笑，一县之长怎么会丢呢？你这把年纪来一趟也不容易，我带你去五楼看看吧。

张老汉佝偻着腰，拉着扶梯，气喘吁吁，上到五楼。信访员往张县长办公室一指，说张县长在里面呢，你去找他吧。张老汉说，这门是关的，里面怎么有人呢？信访员说，刚才来了好几拨上访的，张县长只好把门关了，好在里面休息下。

两人正说着，那门吱哟一声开了，张县长反背着双手，踱着方步，挺着胸脯，目不斜视，出来了。后边的秘书为他提着皮包，端着茶杯。张县长在张老汉旁边走过，也没发现张老汉，就径直下楼去了。信访员埋怨说，那就是张县长呢，你怎么不上前找他呢？你该不是老花了眼吧？

张老汉说，我找的是海娃，他不是海娃呢。信访员感到纳闷，独自走了。

张老汉第二天上午又来了，信访员只好把他又带到五楼。信访员指着会议室说，昨天你看见了张县长，你又不找他，今天他正在开防火工作会议。张老汉说，那我在走廊站着等等。这时不知哪里发了山火，空中的灰末像黑蝴蝶打着旋，轻轻落在走廊上。

张县长正在作报告。一个小时过去了，张老汉站得腰酸脚麻，只好半蹲在地上。两个小时过去了，张老汉蹲得头昏眼花，只好靠着墙坐下。三个小时过去了，时针也指向了十二点半，张老汉饿得肚子咕咕响，身子像棉花一样软。突然一阵杂乱的脚步，散会了。张县长在一些人的簇拥下，从张老汉身边走过，下楼去了。

这时信访员赶过来，责怪说，老人家，刚才张县长过去，你怎么不叫他呢？你该不是饿花了眼吧？张老汉微颤着，有气无力地说，我找的是海娃，他不是海娃呢。信访员莫名其妙，气鼓鼓地走了。

下午，张老汉又来到县政府，这次被信访员拦住了。信访员沉着脸说，你明明见了几次张县长，又说不是找他，我的脚都陪你跑大了。你既然是张县长亲戚，你要去就去他家找他，你要么就在外边等。张老汉只好站在门口，一口一口吧嗒旱烟，时不时朝里边张望。

几袋烟吸完，张县长出来了，又没发现门边的张老汉，一下钻进那辆豪华的小轿车，向旁边的富豪宾馆驶去。

信访员不解地问，刚才张县长从你身边走过，你既然是他亲戚，你既然要找他，你怎么不叫他，怎么不上前呢？你眼睛该不是被烟熏黑了吧？张老汉说，我要找的是海娃，他不是海娃呢。信访员有点恼火，转过身子，对他不理不睬了。

第三天一早，张老汉又来了。信访员一把拦住，说你怎么又来胡闹呢？张老汉说，我是海娃的亲戚，我来找海娃呢。信访员黑着脸，把张老汉一推，说，你几次看见张县长，你又不叫他，他也没理你。要么你就是张县长的冒牌亲戚，要么你就是患有老年痴呆症，或者神经出了问题。张老汉气得脸色变白，胡子发颤，慢慢瘫软在地，嘴里喃喃着海娃、海娃。

这时张县长来了，他寻声向前，一把扶着张老汉，吃惊地说，爸，你怎么在这呢？旁人顿时慌了手脚，一齐上前把张老汉扶起，搀到张县长的车里，送走了。

张县长把张老汉送到家里，扶他躺在沙发上，再给他沏杯热茶。张老汉不言不语，眼皮耷拉着，茶也不喝一口。张县长说，爸，我是海娃呢，你不到家里来，怎么去那里找我呢？张老汉板着脸，说，你不是海娃，村里人都说海娃丢了，我是来找海娃的。张县长说，爸，你睁开眼睛仔细看看，我真是海娃呢。张老汉叹口气说，以前海娃当乡长，门时时都是敞开的，对群众有访必接，你现在是这样吗？那时海娃穿着解放鞋，在山头库尾检查防火防汛，你现在是这样吗？那时海娃坐着乡里的破吉普，没日没夜地工作，你现在是这样吗？你现在是县太爷，不是我的海娃，我找了几天没找着海娃，我现在还得去找。说完，张老汉一下撑起来，踉踉跄跄往外走。张县长急了，一下拉住张老汉，扑通一声跪在地上，哽咽着说，爸，孩子错了，孩子有负您的养育之恩，有负全县人民的重托呀！

张老汉停下脚步，转过头来，慢慢蹲下身子，轻轻揩着张县长脸上的泪水，微颤着说，海娃呀，我的海娃！

张老汉说不下去了，老泪夺眶而出。

蛊

乌有市出现一种怪事，连续八年，每年都倒下一位局长。

每位局长倒下前，自己毫无预感，官方也没有察觉。但民间早已传得沸沸扬扬，许多人一年前就传说某某局长要出事，都不幸言中。

乌有市委贾书记就感慨：群众的眼睛是雪亮的，反腐英雄在蓬蒿，先知先觉在民间呀。

下属前赴后腐，贾书记自然很没面子。不说别人在背后嘀咕，就连自己也心里犯愁：这些年大会小会反腐败，怎么越反越腐，越反越败呢？

在又一次反腐败大会上，贾书记又慷慨陈词：每年倒下一位局长，这是我这个书记的耻辱，这是我们党员干部的耻辱，这是我们乌有历史的耻辱。希望大家平时管好自己的"五官"，手不要乱拿，腿不要乱伸，眼不要乱看，口不要乱开，脑不要乱想，做一名真正的共产党员。有人说乌有官场中了一种蛊，弄得各位局长人心惶惶，人人自危。我不相信这种谣言，我相信一定能解除这种蛊，打破这种政治宿命！

为发挥民间的预知作用，贾书记深入乡镇和基层，挑选一些关心政治、伸张正义、有责任心的代表，组成一个评选工作小组，每年暗中对局长集中投票，看谁不廉洁，看谁会出事，然后对得票最多者诫勉谈话，惩前毖后，治病救人。

第一年投票，高居榜首的是李局长。贾书记把李局长叫去，告诉他谈话内容。李局长顿时脸色如黄土，浑身如筛糠。李局长语无伦次地说，贾书记，你可要为我做主，我比窦娥还冤呀，我连续五年被评为"廉洁公仆"，我怎么会做出对不起组织和领导的事呢？贾书记拍拍李局长肩膀说，民间投票也有误差，你问心无愧就好，我这个当家的也就放心了。

李局长战战兢兢地回去，赶快动员全家，退了一些赃款，疏通了一些关系，销毁了一些证据，才放下心来。

　　但过了不久，李局长还是出事了，反贪局把他请去，一调查，受贿金额不大，判了一年徒刑，很快出来了。

　　李局长出来后，晚上来到贾书记家，一见面就声泪俱下：我对不起组织的栽培，对不起领导的关心，当初若不是书记当头棒喝，让我幡然醒悟，说不定我要把牢底坐穿呢。贾书记长叹一声，无奈地说，你出来就好，看来这蛊毒真的中得深呀！

　　第二年投票，张局长独占鳌头。贾书记把张局长叫去，进行诫勉谈话。张局长顿时双腿瘫软，汗出如浆。张局长带着哭腔，愤愤地说，贾书记，我是您一手提拔的，我的人品官品您一清二楚，我每年都被评为"优秀主职"，我怎么会做出对不起组织对不起您的事呢？这八成是有人在暗中诬陷我！

　　贾书记喝一口茶，清清嗓说，清者自清，浊者自浊，我相信你是清白的，这样我也脸上有光。对恶意中伤者，一定要严加查处！

　　张局长失魂落魄地回去，急着叫来家人，兵分几路，把该退的赃款都退了，把该疏通的关系都疏通了，把该销毁的证据都销毁了，才长长吁一口气。

　　没过几个月，还是有局长被"双规"，这次不是张局长，而是得票第二的侯局长。

　　侯局长出事，张局长心惊肉跳，直冒冷汗，暗暗庆幸自己总算躲过了一劫。晚上，他来到贾书记家，一进门就跪在贾书记面前，红着眼说，贾书记，您真是我的再生父母，若不是您及时告诫，说不定现在锒铛入狱的就是我了。贾书记紧锁眉头，叹气说，你没事就好，但我愧对乌有人民呀，整整十年，还是没有解除这种蛊！

　　第三年投票，赵局长得票最多。那次全市工作大会刚散，反贪局人员就向主席台走来。贾书记问，你们又来告诉我，又有人出事了吗？反贪人员说，是。贾书记又问，难道真是赵局长出事了吗？反贪人员说，不是。贾书记再问，那是其他局长出事了吗？反贪人员又说，不是。贾书记轻快地说，整整十年呀，我终于解除了这种蛊，终于摆脱了这种政治宿命，终于给了乌有人民一个满意的交代！

　　贾书记带着微笑，接着问，那这次是谁出事了呢？反贪人员向贾书记一指，说，这次是你出事了。贾书记一愣，马上笑着说，你们真会开玩笑，这次是赵局长得票最多，怎么会是我呢？反贪人员说，其实每次得票最多的都是你，只是报名单时，把你的名字删掉了。

　　贾书记一下呆在那里，身子慢慢瘫软下去，倒在了椅子上。

　　贾书记耷拉着头说，我落到今天这步田地，到底是谁种下的蛊呢？

打瞌睡

星期二，全局开大会，局领导主席台就座。

分管机关的侯副局长先读一份文件。侯副局长读着读着，渐渐发现台下交头接耳，窃窃私语。侯副局长以为同事嫌文件冗长，或嫌自己读得平淡乏味，就端起茶杯喝一口茶，清清嗓子，再抑扬顿挫地继续读，并适当加快语速。但台下仍然嘀嘀咕咕，有的还对台上指指点点。

副局长停了下来，阴着脸，咳嗽一声说："请大家自觉点，不要台上开大会，台下开小会！"

台下顿时静了下来。但台上依然有一种声音，直刺侯副局长耳膜。

侯副局长转过头一看，原来是身边的贾局长睡着了，有滋有味打着鼾，口水都流出来了。

这时有人上前，想叫醒贾局长。侯副局长赶快手一挡，示意那人退下。侯副局长动情地说："同志们，你们知道贾局长为什么打瞌睡吗？贾局长累呀！他昨天上午又是剪彩又是接访，下午下乡检查，晚上又是开会又是陪客，直到半夜三更。贾局长每天陀螺转，即使铁人恐怕也撑不住，我们怎么忍心叫醒他呢？就让贾局长多休息会儿，过下子他还要作重要讲话呢。"侯副局长声音微颤着，眼睛也红了。

台下同事被贾局长的勤政所感动，被侯副局长的情绪所感染，都正襟端坐，目不斜视，静静聆听。

这时，台下又有一种不和谐的声音，侵入侯副局长耳畔。侯副局长定睛一看，原来台下有一个小伙子，头栽在桌面上，睡着了，发出鼾声。小伙子与贾局长的鼾声都很响亮，上唱下和，此伏彼起，遥相呼应。

侯副局长一言不发，紧盯着小伙子，脸拉得好长。旁边的同事赶快把小伙子推醒。小伙子迷糊地抬起头，揩揩嘴角的口水，揉揉布满血丝的眼睛，原来是张军。

侯副局长喝一口茶，黑着脸说："张军呀，局长打瞌睡你怎么也打瞌睡呢？局长打瞌睡是因为工作，你呢？八成又是昨晚在外边玩！你公然违反会场纪律，这个月的奖金就全扣了，会后请把原因讲清楚！"

散会后，张军果然去找侯副局长。侯副局长叫张军坐，然后自己点支烟，说："张军呀，你一个年轻人，也要注意点影响，你怎么能学局长打瞌睡呢？你以为你也是局长呀？"张军低头说："侯（副）局长，我错了，我保证下不为例，求领导高抬贵手，不扣奖金行不？"侯副局长弹弹烟灰，断然说："没有规矩，不成方圆，不放你一点血，你不会长记性！你说说，你为啥打瞌睡？"张军说："我昨天陪人家打一天一夜麻将，输了几大千呢。"侯局长干咳两声，说："你陪谁打麻将？怎么输这么多？"张军说："陪贾局长，贾局长手气真火，一吃三呢。"

侯副局长一颤，他怔怔看着张军，好像不认识似的。以前，侯副局长也经常陪贾局长打麻将，也经常大败亏虚，深得贾局长赏识，才被提拔起来。

侯副局长对眼前的张军，不得不刮目相看，他笑着说："原来你是陪贾局长呀，陪领导打下麻将，让领导放松下身心，也是出于工作需要，那这个月的资金就不扣了，以后会上可要注意哟。"张军点点头，出去了。

又一次局里开会，贾局长没来。张军坐在前排，又打瞌睡。侯副局长正在讲话，叫人把张军摇醒。张军打个哈欠，伸下懒腰，揉揉惺忪的眼睛，勉强听了一会儿，很快又头一歪，睡着了。侯副局长继续讲话，对张军不理不睬了。

后来，在会上打瞌睡的男同事越来越多，两个，三个，四个，有一次竟有五个。鼾声阵阵，此伏彼起，你倒我歪，口水直流。侯副局长不知道这些人为啥打瞌睡，只好耐着性子叫人一一摇醒。有的人醒后就振作精神，继续听会。有的也许劳累过度，很快又倒头睡了。侯副局长就睁只眼闭只眼，自顾讲起来。

又一次开会，贾局长参加了，又一不小心睡着了。这次台下又有一个人打瞌睡，不是男的，是个女的：粉腮倚桌，长发垂肩，鼻息如兰。那女的叫李丽，直肠直肚，成绩突出，但工作十几年了，与她一起分来的大学生都混到股长了，唯有她原地踏步，小兵一个。每次推荐提拔她，局领导班子总是通不过。

李丽与贾局长同时打瞌睡，大家都小声嘀咕着，用异样的眼光看着她。侯副局长也看见了，吃了一惊，也没有叫人叫醒她。

接下来一次开会，李丽与贾局长又在会上打瞌睡。

不久，李丽被提拔为股长，并批准入党。

一次吃饭，同事敬酒说："李股长呀，两次瞌睡，双喜临门，可喜可贺呀！"

李丽说："我哪打了瞌睡？我前阵子加班，把胃病惹发了，心绞痛呢。"

同事喝完酒，诡谲一笑，走了。

寒 秋

老毕是局办副主任，写了二十多年材料，近视眼镜像瓶底，头顶沦为不毛之地，背也有点驼，像每天压着千斤担似的。

平时有同事叫老毕为老笔，老毕总是微微一笑，说我又不是女的，你叫我老 B 干啥呢？

一天下午，局长急急把老毕叫去，说明天张厅长带着二十多人下来调研，你赶快写一份有分量的材料，好向领导汇报工作。

老毕最怕领导突然袭击，毕竟五十多岁的人了，手脚不太灵便，脑瓜也不太好使。他叹息一声说，前世作了恶，今世来写作，看来今晚又是一个不眠夜呢。

下了班，老毕没有回家，他在外边买一盒方便面和四包低档香烟，急急回到办公室，把自己关起来。

老毕几口扒拉完面，就翻箱倒柜，把有关资料都找出来，铺在桌面上，一一翻阅，就像农妇在竹簟上晒薯片。

他点燃一根香烟，一口一口吸着，开始构思。他先定框架，再拟标题，然后动笔。只见他左手夹烟，右手拿笔，时而眉头紧锁，时而抓耳挠腮，时而猛吸香烟，时而连连咳嗽，时而擦擦镜片，时而揉揉双眼，时而来回踱步，时而笔走龙蛇。

到了半夜，万籁静寂，室内烟气窒息，地上躺满烟蒂，老毕脸色变得惨白，眼睛布满血丝，咳嗽一声比一声紧。

等他写完最后一个字，手不住颤抖，身子突然虚脱，一下栽倒沙发上，不能动了。

这时天已大亮，有同事上班来了，老毕只好硬撑起来，趔趔趄趄，去打稿子。

打后好，老毕认真校对一遍，连早餐也顾不上吃，急急送去。局长简单看看，拿起笔，东一斧，西一刀，砍得血肉模糊，不忍卒目。

老毕急急改好，又眼镜贴着纸，字斟句酌，仔细校对三遍，才定稿复印。

老毕长长吁一口气，不觉双眼一阵发黑，原来忘记了吃中饭。但这时快开会了，他只好又在外面泡盒方便面。

老毕赶到会场，省厅领导还没有到齐，他给每个人发一份材料，然后坐到一边，翻看起来。刚看一页，他就发现一个别字，他赶快改好，心胡乱跳起来。看到最后一页，又发现一个错字，他抖着手改过来，额头渗出了汗粒。

人到齐了，局长说，张厅长，上午我带各位领导看了几个参观点，下午我先汇报下工作，然后请您领导作指示，怎样？

张厅长说上午几个参观点，工作很扎实，卓有成效呢。至于下午汇报工作，我看就算了吧，你们发了一份汇报材料，我们回去看也是一样的。我们这次主要是来调研，你看还有没有更好的参观点，让我们再看看。

局长一下子愣了，他嗫嚅着说，我们准备的几个参观点，上午都看了呢。

这时，张厅长的秘书过来，咬着局长耳朵，嘀咕了几声。

局长顿时眉开眼笑，说参观点呀，有有，我刚才迷糊了。我们这不远有座九仙山，是国家级风景区，欢迎领导去调研。

张厅长说旅游业是朝阳产业，我们是要多深入实地，多找困难和问题，为山区经济发展建言献策。

来到九仙山脚下，车不能再上了。大家放下包裹，准备上山。这时，张厅长还提着提包，张厅长说，记得我们不是来游山玩水，而是来实地调研。大家只好返回车子，把包带上。

在山上，大家观云海，赏红叶，看飞瀑，沐温泉，听梵音，直到黄昏，才依依不舍下山。

走到半山腰，突然下起雨来。幸好不远有个亭子，局长赶快把张厅长扶进去，但衣服都淋湿了。时令已是深秋，冷风刺骨。张厅长蜷着身子，瑟瑟发抖。

局长赶快去林子里抱回一捆柴，放在亭子中间，准备烧堆火，给张厅长取暖。

枯柴淋湿了，局长点了几次火，也没有点着。

这时，一个省厅领导打开提包，拿出一份材料，向柴堆丢去。局长赶快点燃，塞到柴堆下。其他调研人员也纷纷打开提包，拿出同样的材料，丢向柴堆。

陪同的老毕定睛一看，腿一软，一下瘫倒椅子上。原来烧的材料，正是他写的。

随着那些材料被一张张撕开，一张张撕碎，一张张点燃，老毕的心像被人一刀一刀割着，不住滴血。

火总算点着了，但那些湿柴还是烧得不旺，浓烟滚滚，灰末乱飞，呛得张厅长不停咳嗽，红了双眼。

如果能再加几张纸，再添一把火，这湿柴就可以彻底烧旺。

这时，局长发现老毕蜷缩一角，手里还拿着剩下的两份材料。局长就喊，老毕，快把那材料拿来。老毕一动不动，如像没听见。

局长上前，又喊，老毕，快把手里的材料拿去添火！老毕紧攥着，微颤着说，这是最后两份，要拿回去存档呢。

局长生气了，吼道，老毕呀，你糊涂呢，是你手上这几张废纸重要，还是厅长的身体健康重要？说完，不等老毕回话，就一把夺过来，一下丢到火堆上。

大火终于熊熊燃烧起来，大家又露出了笑脸，唯有角落的老毕，不知道是不是烟熏，眼睛红红的。

寒风起来了，片片枯叶在空中打着旋，慢慢飘落……

男 人

小时候，李功就胆小，柔弱。

他出去玩，男伢打他，打得鼻青脸肿，他也不敢还手，只是一个劲地哭。他回去告状，他妈见多了，就吼："只知道哭哭哭！你没手没脚没嘴吗？你就不会用手抓用脚踢用嘴咬吗？你怎么这么孬呢？"李功顿时不哭了，蜷在墙角，瑟瑟发抖。

李功以后就避开男伢，只跟女伢玩。他跟女伢玩久了，不想也像个女伢了：声音变得又尖又细，走路扭起了水蛇腰，见了生人就扭扭捏捏。随着年龄的增长，这些特性竟越发明显。有些男人就笑："李功呀，你这样不男不女、不阴不阳，真有点像你的祖先李莲英，以后干脆叫你'李公公'算了。"

李功长大后，找老婆东不成西不就，最后总算娶了秋月。成家后，李功还是胆小怕事。一次秋月叫他杀只鸡，他几次举起刀，就是下不了手。秋月恼了，夺过刀，一刀下去，鸡头飞得老远，鸡血溅了他一脸。他"哎呀"一声，晕倒在地。他出外做事，也是受一些男人欺负。有的把他田里的玉米偷了，有的把他的地界挖过了，有的把他家的树砍了。有时他气极，骂了几句，对方竟凶上来，对他一阵拳脚。秋月见他身上青一块紫一块，就哭："你这窝囊废，人家占了你便宜还要修理你，你这是去了一坨肉还搭一块皮呀！你还是个男人吗？我嫁给你真是瞎了眼呀！"李功在一旁蔫头蔫脑，大气都不敢喘一下。

一天黄昏，李功从外面回来，听见睡房传来秋月的反抗声和一个男人的斥骂声。他的心顿时一个劲乱跳，头发都立了起来，拳头攥得紧紧的。秋月听见外面有声响，不停地喊："李功，快来呀！村长使坏呀！"

李功运足底气，正准备狠狠骂一声，不想话没出口，喉咙就像被鬼捏住一样，没了声息。他又一下子冲向睡房，刚到门口，手还没触及虚掩的门，手就颤抖着怔住了。秋月仍然在挣扎着，叫喊着。他又拿起堂屋一把柴刀，再次冲到睡房门口，刚把门推开一点，不想脚像中了魔法迈不动了。他蹲在门边，双手捂脸，嘤嘤地哭。这时睡房的门开了，村长走了出来。村长狠狠地踹了他一脚："坏了老子的好事，还哭丧呀！"李功看见村长走远，飞快地冲进睡房。秋月衣衫凌乱，双肩一颤一颤的，无声地哭。秋月狠狠扇了李功两巴掌："今天不是老娘讲狠，早就给糟蹋了，你连自己的老婆都不敢保护，你还是男人吗？"李功抚着火辣辣的脸，耷拉着头，一言不发。

又一天黄昏，李功从外面回来，又听见睡房传来秋月的挣扎声和村长的斥骂声。他挥舞拳头，怒目圆睁，准备冲上去。但他很快冷静下来，他转身冲出大门，向村长家跑去。他推开村长家大门，大声地叫："水莲，水莲在吗？"里面睡房有人答话："谁呀？"李功赶快说："我是李功。"水莲说："原来是老同学呀，有事吗？"李功急着来到睡房门前，看见水莲正在睡觉，他结结巴巴："水莲，你家村长他……"水莲说："有话快说，有屁快放，村长他咋了？"李功支吾半天："村长正在我家睡房欺负秋月，我想请你去制止一下。"里面没了声息。过了一会，水莲恨恨地说："这只猪狼，到处寻花问柳，连秋月都不放过，全村还有哪个妇女没遭殃呢？"李功催促："水莲，快起来呀！"水莲说："你真傻，现在赶去有啥用？等你赶到，早完事了。我去一闹，你家秋月以后咋做人呢？"李功顿时像泄了气的皮球，蔫蔫地说："那咋办？"水莲招招手："办法倒是有，你进来我跟你讲。"李功畏畏缩缩地来到床前。水莲半躺着："要治这只猪狼，只能以毒攻毒来报复他。"李功不解："到底怎么治，你快讲呀！"水莲望着李功："村长睡了你的老婆，你就不敢睡村长的老婆吗？"李功一愣，一颤，没了言语。但他看见水莲水灵的眼睛，白嫩的脖子，高耸的胸脯，他不禁血脉贲张，浑身燥热。他一下扑上床去，把水莲压在下面。

不久，李功回到家里，看见秋月斜在床上，一丝不挂，不住抽泣。秋月看见李功，怒火中烧，抢起巴掌，用力扇去。不料李功一把抓住，大声地说："你打啥？我为你报仇了！"秋月一怔："报仇？你这脓包还敢报仇？"李功直起身："我把村长的老婆给睡了！"李功又从衣袋里掏出一团东西，一下丢到床上："他妈的，村长老婆的裤头都是香的。"秋月瞪着裤头，眼珠子都要蹦出来了。她突然又哭又笑："李功呀，你总算为老娘出了这口恶气，你终于做了一回男人呀！"李功站在旁边，昂首挺胸，像一个得胜的将军。

一天黄昏，李功与几个男人一起吃饭。几个男人的杯子都倒满了酒，而李功的杯子空着。李功指着自己的杯子："倒酒。"对方边倒边笑："李公公，你也喝酒？太阳真从西边出来了。"李功懒得答话，端起酒杯，一口喝了。但酒刚到喉咙，竟一口又喷了出来，呛得眼泪直流，不停咳嗽。几个男人前俯后仰地笑："还倒不？"李功说："倒。"对方跟李功碰杯，李功一饮而尽。李功用手揩揩嘴，皱眉吐舌，满脸涨红。李功吃几筷菜，又与他们连干几杯。对方又给他满上："你个娘们，平时滴酒不沾，不想酒量还真大。"李功乜斜着眼："谁是娘们？嗯？老子做的事，就是再给你们一万个胆，怕你们也不敢呢！"几个男人又笑："你陪慈禧太后睡觉，我们怎么敢呢？"李功喷着酒气："哼！老子把村长的老婆睡了，你们敢吗？"几个男人一愣，面面相觑，没了声音。李功哼着小曲，扭着水蛇腰，醉醺醺地走了。

李功扭进张寡妇家，看见张寡妇坐在床头纳鞋。李功凑上前，嬉笑着说："妹子呀，你这针线纳得真细密，是为我纳的吧？"张寡妇一笑："李公公，今天怎么还喝了酒呢？你也是个女人呀，你想要鞋自己不会纳吗？"李功紧挨着，挽着她的肩膀："谁纳的鞋有妹子纳的暖和呢？"张寡妇用手一推："李公公，连你也动手动脚了？就是再借给你十个胆，我量你也不敢！"李功恼了，一把把张寡妇按在床上："谁不敢？老子把村长的老婆都睡了，还不敢睡你？"李功甩掉鞋，一下扑了上去。

一个晚上，李功满身酒气来到赵寡妇家，赵寡妇正在床头绣花。李功靠上前，摸着张寡妇的手："妹子，你的手咋这么巧呢？你这花都绣活了，我都闻到了花香。"张寡妇扭过身："李公公，哟！你也喝起酒了？你也哄起女人了？"李功一只手搂着张寡妇的腰，一只手去摸张寡妇的胸。赵寡妇打开他的手："嘿！连你也想打老娘的主意？你一个娘们，即使你有这个贼心，我怕你老二也不中用呢。"李功一下子把她放倒，瞪着眼："谁说老子是娘们？谁说老子老二不中用？我连村长的老婆都睡了，我还睡不了你？"李功脱下衣服，压了上去。

又一天晚上，李功扭着醉步，来到秋菊家。秋菊的老公出外打工了，她坐在床沿纳鞋垫。李功凑上前，一把把她按在床上，欲行不轨。秋菊用嘴咬他的手，用手抓他的脸，用脚踢他的下身。李功顾不了疼痛，用力撕扯她的衣服："老子连村长的老婆都睡了，还怕睡不了你！"秋菊一边奋力反抗，一边大声喊："来人呀，李功强奸呀！"李功急了，用手紧紧掐住她喉咙。秋菊叫声越来越轻，挣扎越来越弱，最后没了声息。

秋菊死了，李功被抓走了。

有人摇着头："真没想到，李公公竟有这么大的胆子！"

有人感叹："李公公一辈子像个娘们，唯有这次像个男人！"

 # 人　才

俞莫是省农学院硕士，一毕业，就被县农业局作为人才引进来，负责培育一种最新名优产品红冠橙，帮助农民脱贫致富。

农业局暮气沉沉，最年轻的也四十出头，知识更落伍，没有一个大学生。虽说贾局长有个大学红本本，但大家都心知肚明，那红本本是出钱买的，他其实是小学毕业。

俞莫刚来，贾局长下乡或者吃饭，就把他带上。看见熟人和朋友，贾局长就指着俞莫说，这是我们引进的人才，小俞，硕士呢。俞莫就脸有点红，手足无措，不知怎么回话。

一次全局开大会，贾局长在台上作报告。贾局长抑扬顿挫读着，不想把一个字读错了。俞莫坐在台下，忍不住窃笑一声。同事把目光一齐投向俞莫。贾局长喝口茶，也朝俞莫盯了一眼。贾局长接着读，不想又读错一个字，俞莫又忍不住笑了。同事又一齐侧过脸看着俞莫。贾局长也停了下来，脸黑得像锅底，狠狠瞪了俞莫一眼。

一散会，贾局长就把俞莫叫去。贾局长板着脸说："开会要严肃点，你怎么一笑再笑呢？"俞莫说："我不是故意笑的，是局长读错了字。"贾局长吐口烟，说："我也是个大学生，怎么会读错字呢？"俞莫说："局长是真的读错了字，一个是把'有条不紊'读成了'有条不絮'，一个是把'兢兢业业'读成了'克克业业'。"局长拿起报告，说："这两个词语我在会上读了十几年，没有一个同事说我读错的，难道他们都是睁眼瞎？"俞莫说："局长是真的读错了，难道我还诬陷领导不成？"局长沉默一会，说："到底是我读错了，还是你听错了？"俞莫说："真是局长读错了。"贾局长气鼓鼓地说："好，是我读错了！"说完，把手里的报告一丢，

走了。

一次开会，贾局长说，办公室老李写材料多年，头发白了，眼镜也瓶底厚了，是要补充新鲜血液，让年轻人来锻炼锻炼。我县红冠橙还没有形成气候，以后写材料就交给俞莫。

办公室的材料多且枯燥乏味，还经常突然袭击。有时明天上级领导要来检查，或明天要去省里开会，贾局长才急急把俞莫叫去，要他晚上不睡觉，也要把材料赶出来。俞莫本来对材料就不感兴趣，再加上开始对情况不熟，通宵达旦，绞尽脑汁，像挤牙膏一样，才勉强写出来。次日一早送去，贾局长看着看着，脸就越来越黑，最后把材料往桌上一丢，说，实在看不下去了，年轻人，要多学习呀。俞莫顿时从脸一直红到脖子，恨不得钻进墙壁缝里。

后来，贾局长会上会下轻轻重重批评过俞莫几次，让俞莫的自尊心屡遭重创。俞莫暗下决心，一定要把材料写好。他平时一有空就多看报刊，多了解局里的工作情况，多揣摸局长的语言风格。两年下来，俞莫就上了路，材料写得像模像样了。

但这时贾局长又说统计股急需人手，又把俞莫调去搞统计。农业统计是个琐碎活儿，粮食的、种子的、化肥的，天报的、周报的、月报的，每天陀螺转，也忙不过来。时间一长，难免会出一些小纰漏。俞莫有时送去审阅，贾局长眉头紧锁，用笔在上面几画几勾，说你怎么像小学生做作业，喜丢三落四呢？俞莫赶快拿去改，再送来。贾局长看后，脸色依然不好，说你一个年轻人，怎么屎就是屎大粪就是大粪呢？统计也要学会变通，有些数据小的要改大，有些数据大的要变小，不然怎么向领导交代呢？俞莫听不明白，麻木地点点头。

后来，俞莫就留意贾局长，看他哪些数据喜变大，哪些数据喜改小，依此类推，如法炮制，果真让贾局长满意了。

这时，局里要抽一名干部下乡包保计划生育，贾局长就派俞莫去，说他缺少基层工作经验，需要下去历练。俞莫卷起铺盖，住到村里，走家串户，磨破嘴唇，抓上环，搞结扎。但人倒霉撒尿也起倒风，年终一检查，不仅台账对不上，还查出两个计划外。俞莫被全县通报批评，贾局长更是受到黄牌警告。

第二年，贾局长安排俞莫打扫卫生，顺带发放报纸，说只要是金子，不管放在哪里都会发光的。

俞莫感到斯文扫地，颜面全失，经常喝闷酒。一天与老李主任喝酒，都快喝醉了，老李勾着舌头说，俞莫呀，你真是榆木脑袋，你真以为你是人才吗？你如果把自己当作人才，领导就会把你变成庸才，你如果把自己变成奴才，领导就会把你当作人才。

一语惊人，醍醐灌顶。从此，俞莫变了，每次贾局长开会讲话，不管讲没讲错，他都是第一个鼓掌。平时与贾局长出去，他总是抢着提提包，拿茶杯。逢年过节，他也没忘去局长家意思意思。

很快，贾局长就让俞莫干起老本行，负责培育红冠橙，说要人尽其才，才能调动大家的积极性呢。

但这些年过去了，由于缺少技术指导，全县红冠橙已经灭绝。俞莫下到乡镇，望着光秃秃的红冠橙基地，心像被刀割一样，隐隐作痛。

后来，贾局长下乡或者吃饭，就把俞莫带上。看见熟人和朋友，就指着俞莫说，这是我们引进的人才，小俞，硕士呢。俞莫就站起来，红着脸，陪着一笑。

那笑苦涩而僵硬，就像哭一样。

笔杆子

那时不叫他笔杆子，叫他小陈。

小陈那时刚来县委办，怕写材料，写好后也不敢送领导看。有时勉强送去，就心跳如野兔，手窝都是汗，紧张得不得了。如果领导通过了，马上松一口气，笑脸快语，像刚卸下一副重担那样舒畅。

一次搞一个大材料，小陈熬了五个通宵，总算杀青。送去看时，领导皱着眉，沉着脸，一言不发。小陈诚惶诚恐地回来，知道这次尾巴掉得大。他搜肠刮肚，冥思苦想，香烟熏了好几包，头发扯了一大把，先后修改了五稿，但领导仍不满意。这时小陈江郎才尽，文思枯竭，满脑空白。他急得团团转，如热锅上的蚂蚁，只差没有以头撞墙，或举身跳楼了。他不由得慨叹：前世作了恶，今世来写作呀！最后他牙一咬，心一横，拿起初稿，像烈士赴难，从容送去。不想领导眉开颜笑，大加赞赏，说这稿强多了，就是这样写的嘛！

小陈上进心很强，他知道写材料都是一个萝卜一个坑，一个人要顶一个人用，如果没有几下货真价实的功夫，想吃软饭白饭是无法混的。他暗下决心，苦练内功，提高素质。他戒掉麻将扑克，每逢节假休息日，就躲在家里，啃那些味同嚼蜡的政治理论书刊，这样写材料才站得高看得远想得深；工作之余，他就去基层搞调研，了解基本情况，这样写材料就言之有物有血有肉；每逢开会，他就把领导的话一句不落地记下来，写材料才能准确把握领导的发展思路和语言风格。功夫不负有心人，不出两年，小陈的材料就写得像模像样有板有眼了。有时领导看了后，拍着小陈肩膀说，小陈呀，材料越写越好，难怪都叫你笔杆子，工作好好干，年轻有为哟。小陈就心跳加快，满脸堆笑，说话打战：还望领导多多栽培！有时领导拿着材料在台上作报告，一字不漏，字正腔圆，抑扬顿挫，情真意切，很有鼓动性和感召力，最后赢得一阵热烈的掌声。此时小陈就坐在后排，他觉得自己就像古代的军师，运筹帷幄之中，而领导就像他指挥的大将，正在阵前发号施令，摇旗呐喊。他的心就甜甜的暖暖的美美的，他觉得自己的辛苦劳动终于赢得了回报和肯定，一种成就感便油然而生。

十几年过去了，小陈送走了几任领导，自己也变成了老陈：头发白了许多，头顶沦为了不毛之地，背也佝偻得厉害，近视眼镜都厚得像瓶底了。按理说老陈没功劳也有苦劳，但单位的人提拔了一拨拨，调走了一个个，唯有他原地踏步，纹丝不动，让他牢骚满腹，不解其故。还是一次喝酒时，一个更老的笔杆子点破：如果材料写得太好了，你就成了领导的嘴巴和大脑，哪个领导还离得了你呢？

一语唤醒梦中人，从此老陈果真变了，材料能少写就少写，能照抄就照抄，能应付就应付，再不像以前那样绞尽脑汁，别出心裁，字斟句酌，追求完美。一次开大会，老陈临时才把一个发言提纲交给领导，领导吃了一惊，阴沉着脸，陌生地盯着老陈。老陈脸涨红，心乱跳，借故有事，急忙走开。平时领导讲话最少要个把小时，那次竟不到一半时间。讲完了，台下还以为领导是喝口茶歇口气，直等到领导转身离开了，台下才恍然大悟，很快响起比以往更持久更热烈的掌声。

一年年初，一个星期内要开四个会，老陈几个人实在忙不过来，就把四个会写成一个讲话。这次领导又吃了一惊，斜了老陈几眼，又沉默了一会，说小陈呀，你现在写材料怎么偷工减料，有时还擅作主张呢？这次我要急着外出考察，就算了，下不为例呀！老陈就连连点头，转身快走，一出来才发现衣服汗湿。不想这次会议效果更好，与会者都赞誉有加，说这届领导班子务实高效：两三百人四会合一，至少节约了三天时间，还节省了五万多元会务费呢。

很快，老陈得到提拔，调到宣传部当副部长。老陈搞文字久了，就是闲不住，一去就写了一篇新闻，题目是《少开会开短会开套会山英县把更多时间用来抓工作落实》。当时中央正要求各地转变工作作风，这篇新闻不想在省市一些党报发了头条，还加了编后语，影响很大。那些新闻媒体的记者闻讯而动，纷至沓来，缠着领导又是访谈，又是摄像，领导的事迹就频频出现在报纸电视上，成了一个求真务实干事创业的好典型。

不久，领导高升了。在欢送宴上，领导特意来到老陈面前，举着杯笑着说，笔杆子，我敬你一杯！老陈忙不迭地站起，说不敢当不敢当，我敬领导，说完一饮而尽。

平时很少喝酒的老陈，感到那杯酒有点苦有点辣……

醉 酒

局长最近有点烦，局里要推荐一名副局长，让他一时难以定夺。

合适人选有两个，一个叫张军，一个叫李勇：都是股长，都三十出头，都大学毕业，都有好人缘，都能独当一面。这样势均力敌的对手，叫谁好贸然下手，忍痛割爱呢？

局长就想再考察一下，定在八小时之外。

平时有饭局，局长就带上两人，就像带着两员干将，以壮军威。

在酒席上，如果要让客人满意，让领导尽兴，那是要靠酒量的。论酒量，那两人就立见高下了，听说张军是局里的一把壶，能喝一斤多白酒，而李勇只够张军一个零头，一般喝得蜻蜓点水。

每次请客，局长说有"三高"，不能喝酒，请各位领导谅解，于是倒杯牛奶，先开个席，然后就像一位统帅，坐镇指挥，摇旗呐喊。

张军心知肚明，这是局长给他表现的机会，他当然不能让局长失望，他要把自己的作用和魅力充分展示出来。张军量高胆大心细，如果陪的是一般领导，他就轮番敬去，各个击破：他时而小杯喝，时而大杯倒，时而小口抿，时而一口闷，时而"二泉映月"，时而"四季发财"，就像一位骁勇的将军，左冲右突，纵横驰骋，直杀得对手只有招架之功，高挂免战牌为止。如果在座的有重要领导，他就会突出重点，特殊对待：有时站着敬酒领导不喝，他就只好下位去敬，如果下位去敬领导也不喝，他就只好为领导起杯，如果起杯领导也不喝，他就只好为领导倒少点，如果倒少点领导还不喝，他就只好再自饮一杯，反正要想方设法让领导喝下去，直到领导喝好但不喝倒为止。若是遇上有些深藏不露的，最后竟反客为主，举杯一击，那他也只好舍命陪君子，自然十有八九醉倒。

张军敬酒风光无限，李勇在一旁也没有闲时，他除礼节性一一敬酒，再就是不失时机地为领导搛菜、舀汤、递餐巾纸，当然还要忙不迭地倒酒，很有分寸地说些插科打诨的话，让气氛热闹起来。

最后，领导都酒足饭饱，红光满面，勾肩搭背，谈笑风生，局长也就眉开颜笑，满意地朝张军望去：哪知张军醉眼迷蒙，说话结巴，歪倚椅上。

吃好饭，领导还兴致高涨，局长提议去放松一下。这时张军动不了了，一切由李勇去张罗。李勇带着直奔洗浴中心，先安排好房间，再挑选好女孩，然后就到外面恭候结账。等领导都尽兴离去，局长就笑着说，两位表现不错，一位能武，一位能文，一位有酒量，一位会服务，虽然伤了身，跑了腿，但我心里有本账。这话李勇听得见，但张军已醉入梦乡。

张军被扶回家，一身烟味酒气，门一关，他老婆便熊开了：每天只知道喝，好像前辈子是讨米要饭的，你认为在领导面前喝得越多就越好吗？那叫低俗，那叫出傻气，那叫酒囊饭袋，你看人家李勇像你一样吗？退一步说，即使将来果真给你个芝麻官，你如果把身体喝垮了，吃吃不得，喝喝不得，玩玩不得，那活着还有什么意思呢？一语点破梦中人，张军一个急愣，酒醒大半，后悔不已。

自此，遇到陪客，张军就一脸无奈痛苦，说胃喝坏了，最近老痛，还发胀。如果领导不信，他就从口袋里掏出一大把药，说刚才吃的，有时还拿出一张化验单，说又去做了胃镜呢。这一把壶废了，酒桌上总不能冷了场吧，李勇只好临危受命，担起冲锋陷阵的重任。李勇终究势单力薄，不胜酒力，往往没把客人喝好，反倒把自己喝倒了。酒壮英雄胆，喝醉了的李勇就勾着舌头，粗着嗓门，说些糊涂话。有一次竟骂起来：领导有几个好鸟，自己不喝，还把我往死里灌，平时满嘴的党性原则，但满肚子的男盗女娼，净干些见不得人的事……幸好当时只有局长在旁边，局长脸先一红，再一白，后一黑，说你瞎说什么呀，就急着送李勇回了家。

次日上班，局长就把李勇叫去，李勇忐忑地说，昨晚我喝醉了，如果说错了么话，还望领导谅解呀。局长笑着说，哪里哪里，没有没有，我今天叫你来，是想告诉你一个好消息，局里推荐你为副局长了。你以后是领导了，就要用领导的标准来严格要求自己，特别要管好自己的嘴，要知道祸从口出呀。李勇对这突来之喜没有思想准备，一时手足无措，只是一个劲地点头，连说谢谢局长的关心，谢谢组织的栽培，便又像喝醉了酒，趔趄着出来了。

那天红头文件发下来，李勇成了李副局长，他请我们几个兄弟喝喜酒，他以一对九，竟连喝了六七杯白酒，还神志清醒，谈笑自如。我大惑不解，说你平时不是不怎么喝的吗？今天一斤多到肚了怎么还稳如泰山呢？李勇脸红脖胀，哈哈一笑，说你不知道人逢喜事精神爽，精神一爽酒量长吗？

这话意味深长，让我好像喝醉了，云里雾里，弄不明白。

书法家

陈局长那时还不是局长，而是局办公室主任。

陈主任那时正迷恋着书法，每天殚精竭虑，废寝忘食，挥毫泼墨，乐此不疲。他先练毛笔，后练硬笔，笔写秃了无数支，墨写干了无数瓶，头发写白了无数根，但仍不及精髓，难以突破。就像中国足球，就缺少临门一脚的那点火候。

十几年下来，陈主任虽然在这个小县城小有名气，但在外面还是默默无闻，没有一点成名成家的迹象。

陈主任渐渐心灰意冷，像一个皮球泄了气。他觉得自己虽然有吃苦的劲头，但缺少艺术的灵性和慧根，根本不是玩书法的料。他红着眼，颤着手，点燃打火机，把那一沓沓凝聚着自己心血和激情的作品付之一炬。

陈主任不想一辈子碌碌无为，他马上凝心聚力，改弦易辙，向政界进军。不想书坛山重水复疑无路，仕途却柳暗花明又一村。短短几年，陈主任先是变成了陈副局长，后又由副转了正。

转了正的陈局长就很忙很忙，特别是开会忙，有时一天几个会，一个刚开好又要马不停蹄赶赴下一个会场，就像陀螺转。

陈局长开会很认真，虽然旁边有人小声说话，有人发着信息，有人吐着烟圈，但他丝毫没有受到影响。他认真地听领导发言，认真地记着笔记。他边听边记，手耳并用，聚精会神，笔走龙蛇，好像恨不得把领导的每句话都记下来。他不仅记得快，还记得好，行云流水，力透纸背，张弛有度，疏密有间。旁边的人看了，便笑着说，书法家，你这是在练书法吧？他也笑，说，不把会议精神学深悟透，回去怎么贯彻落实呢？

几年下来，陈局长就记了几十本笔记，码在办公桌上，像一堵墙。一有闲暇，他就一本本地翻，一页页地看，时而微笑，时而颔首，既像是欣赏，又像是学习。

　　一次，县书协找上门来，说要推荐几幅作品，参加每年一届的全国书法大奖赛。陈局长开始几届参加了，但每次不入评委法眼，都没有入围，自尊心遭到毁灭性打击，再也没了参赛的信心和热情。但这次来的是几个老哥们，明是索取墨宝，推荐参赛，其实醉翁之意不在酒，主要是想他赞助点活动经费。他碍于情面不好推辞，随便找几句话，铺开宣纸，一阵龙飞凤舞，打发交差了事。

　　不想很快传来喜讯，陈局长在全国书法大赛上获奖了，而且是金奖。这消息无异于一声惊雷，震动了整个小县城，大家都为这个书法家的大器晚成感到庆幸和自豪。成了书法家的陈局长就不仅仅是局长了，他很快成了县书协的主席，成了市书协的副主席，成了省书协的理事。成了书法家后陈局长就更忙了，他不仅要忙于工作，还要忙于接受记者采访，忙于向书法爱好者传经送宝，忙于向粉丝惠赐墨宝，每天没有一刻闲时，累并快乐着。

　　第二年，他想再次参赛，再接再厉，再显身手。他去北京买来最好的笔墨纸砚，找来李白最富有感染力的诗，绞尽脑汁构思了几个晚上，一气呵成，满意寄去。不想大失所望，没有入围。

　　接下来两年，他毫不气馁，又先后精心书写苏轼的一首词和马致远的一首曲，送去参赛，不想同遭厄运，又没入围。

　　他就满腹郁闷，愤愤不平，骂评委没素质，没眼光，骂比赛暗箱操作，挂羊头卖狗肉，骂人家假冒伪劣金榜题名，而自己货真价实却名落孙山。

　　骂腻了，骂累了，他就不自觉地踱进书房，站到那幅获得金奖的作品前，作品已被他精心装裱挂在了墙上，他用手轻轻抚摸着，用心细细品味着，就像反复把玩一件稀世珍品，渐渐露出欣慰的笑容。

　　看着看着，他兴之所至，大声朗读起作品来：解放思想，提高认识；突出重点，强化措施；加强领导，明确责任；转变作风，狠抓落实。

局长开车

贾局长一领回驾驶证，便马上开会，把司机辞退了。

贾局长说，作出这个决定，不是说司机孬。现在局里困难，既要保工作运转，又要管这么多嘴吃饭，如果再搭个司机，一年至少要付出两万多元，当家方知柴米贵，我这个一把手也难呀！贾局长叹一口气，一脸无奈。

其他人先一愣，继而点头理解。也有人好心劝道，局长千斤担子一肩挑，如果大事小事都忙，上班下班都累，日久天长，只怕身体吃不消呀。

贾局长笑着说，只要大家工资都能发出来，各项工作都能搞上去，我个人忙点累点又有个啥呢？

大家无语，为这种襟怀动容。

贾局长开车上下班，有时见马路边有同事等车，就停下带上。同事就说，要局长亲自开车，真如坐针毡，不好意思的。贾局长就笑，说都是一家人，还分什么彼此，再说领导干部就是公仆，公仆就是为大家服务的嘛。

同事很感动，心里暖暖的。

可谁知道，贾局长开车也开出了一些麻烦。

一天黄昏，贾局长在乡镇检查完工作，一个人开车回家。经过一个偏僻村落时，由于开得快，一下把一头猪压死了。

很快有人围来，一个年轻伢用手指点着，凶着吼，你瞎了眼！你找死呀！

贾局长满脸堆笑，说真对不起，我不是故意的，我是县林业局局长，刚从大王镇检查工作回来。

不想那年轻伢一下揪住贾局长，狠狠扇了两耳光，大声骂道，老子最看不惯狐假虎威仗势欺人，你一个鸟司机还冒充主子来吓人，老子这辈子是吓大的吗？

贾局长气得脸色煞白，浑身颤抖，用手一揩，嘴角还有血。

秀才遇到兵有礼讲不清，贾局长想打110报警，但自己喝了点酒，再说也是自己理亏，何况这里也没手机信号呢。

贾局长只好打起笑脸，说老弟有话好说，是我不对，你看赔多少钱？

年轻伢说，现在肉价涨得狠，何况这是头母猪，一年生两窝，一窝十几只，我也不这样算了，就出6000元吧。

贾局长说尽好话，磨破嘴皮，最后掏光腰包，3800元了事。

又一次，贾局长与陈副局长出外考察。一下车，接待领导一把握住陈副局长的手，说贾局长好，欢迎欢迎！

陈副局长有点尴尬，忙指着旁边说，这位是贾局长呢。

那人也许没听清，只冲贾局长点点头，说司长辛苦了，并马上安排贾局长与其他司机到一边休息，而带陈副局长到贵宾室听汇报。

中午吃饭时，贾局长对陈副局长说，假作真时真亦假，这次你就当回贾局长算了，我也乐得休息下。

贾局长阴沉着脸，陈副局长额头沁出了汗粒。

一年过去了，不想贾局长被评为全县"十大勤政廉洁公仆"。有领导表扬说，贾局长是名至实归呀，就凭他亲自开车，现在哪个一把手吃得这个苦，为单位节约每一分钱呢？

别看方向盘轻巧，其实转起来劳神费力。几年下来，贾局长又黑又瘦，背有点驼，头发也白了不少。

他妻子心疼地说，你这是何苦呀，请个司机不就得了，又不要你个人掏钱，四十多岁就腰酸背疼丸子不离，到你退休了还不成天要药水浸着？

贾局长就苦笑，说谁不想享福呀，但我现在一天也离不开车了，别看我平时这病那痛一副蔫样，但一握住方向盘，我就浑身舒服，精神抖擞，命贱呀！

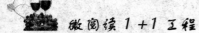

　　天有不测风云。一次，贾局长说出外招商引资，不料发生了车祸，撞死在去九寨沟的路上。车上还有一个人，一个年轻美丽的女人。

　　在贾局长追悼会上，领导沉痛哀悼：该同志一生勤俭节约，清正廉洁，任劳任怨，求真务实。为谋发展，亲自招商，日夜兼程，遭遇不测，抢救无效，因公殉职……

　　围观的人眼都红了，有的还嘤嘤哭泣，都为失去一个好领导而痛惜。

搬　家

真没想到，贾局长也在这个小区买了房，并与我同一栋同一单元，竟然还是我的对门。

开始我真不知道，只晓得对门刚住进来一家人。直到那天早上准备上班，刚打开门，就见贾局长正在门口换鞋。我们俩都吃了一惊，同时咦了一声。

我笑着说，贾局长，这该不是你亲戚家吧？

贾局长说，哪里哪里，这是我刚买的，没想到你也住这呀。

我接着说，"远亲不如近邻，近邻不如隔壁"，很荣幸与局长住在一起，以后还要领导多多关照呀。

贾局长笑了，说，都是一家人，还客气个啥，我经常有屋不在家的，还望你不时帮我看眼把呢。

我与贾局长说笑着，上班去了。

当天晚上，我吃过晚饭，正在看新闻联播，听见有人敲门。

打开一看，是一陌生男子，提着一袋烟酒什么的。那人笑着说，请问这是贾局长家吗？

我用手一指，说贾局长住对门呢。

随即又听见对面敲门声，很快门开了，听贾局长说，哎呀是李老板呀，快请坐请坐。不一会又听见贾局长送客声，说李老板慢走，恕我不远送了。

过一会儿，我家门又响了，打开一看，这次竟是我们办公室马主任，也提一包东西。我吃了一惊，说，马主任你这大忙人，今天怎么有空到我家走下呢？

马主任见是我，脸有些红，非常尴尬地说：你原来——也住这呀，我想找——贾局长——汇报下工作。

我为刚才的冒失后悔不迭，脸顿时火辣辣的，像被人打了耳刮子。我忙说局长就在对门呢，汇报工作要紧，以后有空再来玩吧。

我做贼似的赶快关上门，好长时间心仍然在怦怦乱跳。

那个晚上，我在沙发上如坐针毡，他们的话都钻进我不争气的耳中，我仿佛成了一名偷窥窃听者，我为自己的不自觉行为感到羞愧和惶恐。

次日清早，我直等到贾局长出门了才去上班，在单位我也不敢正眼看他，做事尽量避开他，我好像做了什么对不起他的事，整个上午都忐忑不安心不在焉，完全没有了往日的随意、轻快和专注。

我们单位属于强势部门，职能比较强，掌管着全市一部分人财物，自然找贾局长办事的人非常多。有时忙不过来，他就对着我们无奈地苦笑，说前世不知道作了什么恶，这辈子罚我来搞这项工作。这个中滋味，你们不清楚哟！

贾局长不仅白天忙，晚上也忙，不仅在单位忙，在家里也忙，不仅工作日忙，双休日也忙。特别是逢年过节，上门的人就更多。这不仅忙坏了贾局长，也影响了我这个无辜者。就像我前面提到的那样，有些是第一次上门拜访的，就不免误敲了我家的门。如果是不认识的还好，若是熟人、朋友或者同事，那就双方都很难堪，睁只眼又只能闭只眼，心照不宣又只能假装糊涂，有时都弄得手足无措的，我真恨不得找道缝钻进去。

晚饭洗漱后，妻子有个习惯，就是出去散散步。那次正准备出门，我一把拉住，说这时找领导的人最多，如果楼梯上碰到熟人，那多不好意思呀，你这个习惯得改改了。妻子见我言辞恳切，理解地点了点头，迈出去的脚又收了回来。

果然不假，很快楼道有脚步声上来了，我赶快把食指放在唇边嘘了一声，并把灯关掉，我要用无人的假象来提醒对方不要敲门。这招果然奏效，来人直接敲开了局长的门，我如释重负地叹了一口气。

偏偏这时儿子吵着要开灯，要看少儿节目，我抢过遥控器，断然予以拒绝。小孩子哪里理解大人的苦衷呢：如果现在突然灯明人语了，那人家局长会怎么想呢？那刚才黑灯瞎火的是什么意思？那不是故意躲在暗处偷看窃听领导隐私吗？

恰恰这时儿子偷偷把电视打开了，并把音量打得很响，我见阴谋败露，弄巧成拙，顿时气不打一处来，一下子冲上前去，狠狠地扇了一巴掌。

随着啪的一声脆响，儿子号啕大哭起来，妻子也在一旁大声责骂，我耷拉着头，呆若木鸡。

那一刻，我的心被深深刺痛，我简直不敢相信自己的一举一动，我好像越活越滑稽越活越陌生，我突然发现自己是多么可悲和可怜！

一年后，我把刚买的房子卖了。

那天，我刚搬好家，准备把钥匙交给买主，突然楼下来了一群搬家公司的人，开着两辆大车，正停在门口。我不经意地问，这又是谁搬家呀？对方往贾局长房子一指，说就是那家当局长的呢。

当时我真以为自己听错了，我站在那里呆了好久。

骗一刀

村里家家养马。马长大了，就发情，就暴烈，就掉膘，只好骟掉。

村里骟马师傅叫来福，长得像武大郎，走起路来一拐一瘸，谁会想到他是骟一刀呢？

记得来福长到20多岁了，还像一棵霜打的白菜，蔫头蔫脑，弱不禁风，不见长高。他爸叫他去担柴，人没有柴重，叫他去扶犁，人没有犁把高。走起路来，脚踩不死蚂蚁，做起事来，手无缚鸡之力。他爸直摇头，唉声叹气，只好让他去学骟马，好将来混口饭吃。

来福学骟马时间不长，就出师了。出师后，他开始只给自家骟马。他家养了几匹马，有时一匹马今年发情，骟了，不想次年又发情，只好再骟，不想第三年又发情，只好又骟。几年下来，几匹马被折腾得不是皮包骨头，就是死掉了。马是庄稼人的命根子，他爸心里疼痛，眼里冒火。等来福把最后一匹马骟死，他爸忍无可忍，狠狠甩他几大耳刮子，大骂你这破烂货，你哪里是骟马，你这是在杀马，是在害庄稼人的命啊！骂完，突然抢起一把菜刀，一刀下去，来福那只拿骟刀的手的中指就分了家，成了来福永远的痛。

来福没有被吓退，他断指后仍然骟马，不想这断指不仅没影响他骟马，反而使他手艺日臻精湛，真正成了骟一刀。

成了骟一刀后，来福就给乡亲骟马。来福骟马有个规矩，先要主人奉上一碗上好的谷酒。来福接过酒，头一仰，一阵咕咕咚咚，然后用手袖一揩，一碗酒就见了底。酒劲很足，一冲，来福死人般的脸有了红润，额头也沁出密密的汗粒，身子还微微抖动起来。接着，来福掏出一把锃亮的小刀，五六寸长，向马走去。来福走得一拐一瘸，左摇右晃，踉踉跄跄，就像风中杨柳，似倒未倒。来福晃到马前，他没有像其他师傅那样，要求主人请几个汉子，把马四蹄捆绑，放倒按牢。他只是叫主人抱点草料，让马咀嚼，自己则以手抚摸马肚，为马挠痒痒。等马吃得津津有味，感到四体通泰时，他突然亮出小刀，直刺马胯。随着白光一闪，嗞的一响，手一扬，两坨血糊糊的肉就落了地。来福霎时脸色惨白，大汗淋漓，颓然瘫倒。而这时马不惊不乍，仍然在甜美地嚼着。唯有旁边的乡亲眼瞪得大大的，眼珠子都快蹦出来了。

来福骟名远扬，但也有过闪失。那次一个乡亲请他骟马，喝过酒后，他亮刀一刺，不想刺偏了位置，只好再补一刀。这第二刀可惹急了马，马大声嘶叫，胡踢乱踩，踢得来福满脸血糊，还把来福一条腿踩断了，落下个终身残疾。骟一匹马一块银元，后来那个乡亲竟给了来福两块，并多次买东西上门看望，赔不是。原来，那个乡亲端出来的不是上好谷酒，而是缺少冲劲的水尾酒。

自此，来福骟马再不喝主人的酒，他每次在家灌一酒葫芦，他怕因酒误事，更怕因酒损名。

后来，日本鬼子进村了，烧杀淫掠，无恶不作。鬼子有一支骑兵队，与八路军的骑兵队对着干。为充实马力，鬼子每年从村里强征一些好马。马儿发情时，鬼子就慕名前来，请来福去骟。乡亲们见机会来了，都很兴奋，一再叮嘱来福说，来福呀，下手狠点，把鬼子的马骟死，为死去的乡亲们报仇！来福连连点头，说我心里有本账呢。

来福来到鬼子营地，鬼子军官渡边拿着指挥刀，站在马前，点着来福的脑袋，恶狠狠地说，你的骟马，马的有一点的闪失，你的死啦死啦的。来福脸不改色，轻轻点了点头。来福取下酒葫芦，一仰脖子，咕咕咚咚喝完。接着上前、抚马、亮刀、阉割，环环相扣，一气呵成。渡边还没有回过神来，一团肉坨就落到了他脚下。而马仍然在专心吃着草料，好像没有骟一样。渡边有点不相信，踱到马前，发现马胯两个蛋没了，只留着几丝血迹。渡边立即竖起大拇指，笑着说，你的良心大大的好，你的手艺大大的棒！来福揩一把汗，收好骟刀，见渡边要走，忙一下拦住，手一伸，说钱呢？旁边的鬼子枪栓一拉，大声喊，八格，死啦死啦的！渡边手一拦，笑着说，你的骟一刀，皇军大大的有赏。说罢，手一挥，一个鬼子便端来十块大洋。来福伸手拿一块，放进衣袋，再背上酒葫芦，一拐一瘸而去。

几年下来，鬼子骗过的马都皮光毛亮，膘肥体壮，战斗力极强。乡亲们开始不解，继而埋怨，最后愤怒，直骂来福狗腿子鬼汉奸。来福见到人骂就躲，有时躲不过去了，就涨红着脸说，骗马时，我眼里只有马，没有人呢。

更让乡亲们愤怒的是，来福竟对鬼子手下留情。

有一次，渡边从日本招来一个女的，专供他享用。不想这个女的有个男朋友，就在这支骑兵队里，叫松井。那次渡边外出，回来时竟发现松井与那女的缠绵一起。渡边恼羞成怒，立即叫来来福，凶着喊，把松井的骟了，变成你们中国的太监！来福站着不动，不肯答应。渡边发怒了，挥舞着指挥刀，说你的不骟他，那我的骟你！来福只好点头，回去换了一把骟刀，走进那间关押松井的房子。随着一声惨叫，一团血肉模糊的东西扔了出来，渡边解恨地走了。

几天后的一个晚上，松井带着那个女的悄悄逃到来福家，一下跪在来福面前，感谢不骟之恩，并奉上一包金银细软。来福一点东西也没要，他拉起两人说，骗人时，我心里只认情，不认人呢。后来两人逃到八路军，成了译报员。

再后来，鬼子与八路军骑兵几次激战，鬼子兵强马壮，行动迅速，而八路军马力不足，进退迟缓，遭受重创。八路军派人一打听，乡亲们说是来福这狗汉奸出的力，来福就上了八路军锄奸队的黑名单。

又一次，鬼子的马好像得了传染病，都耷拉着头，有气无力。渡边叫来来福，说你的会骗马，会不会医马的干活？来福连连点头，说我的学过兽医，保证药到病除。渡边喜出望外，连说亚西亚西。来福回家拿来药，倒进水桶，用瓢搅匀，然后舀起，准备喂马喝。此时渡边手一挡，说你的先喝，马的后喝。来福呆愣着，拿瓢的手抖起来，额头出了汗。他迟疑片刻，还是一仰脖子，喝了几大口。渡边不再怀疑，拍着来福的肩说，你的良民，皇军的朋友。

两天后，鬼子和八路军马队又一次遭遇，鬼子的马队跑着跑着，竟都口冒白沫，浑身抽搐，瘫软扑地，全部被歼。

同时，八路军的锄奸队也迅速出击，把来福抓去，绑在柱上，准备枪决。

　　不料，来福好像得了重病，嘴吐白沫，肌肉痉挛，昏死过去。

　　来福就过样死了，眼一直睁着，好像有话要说……

灌煤气

现在灌煤气的真多，过道里到处是联系号码。

那天我家的煤气烧完了，我随便拨通一个号码，很快就有人来了：一个 50 多岁的大伯，衣服打着补丁，穿一双解放鞋，头发微白且篷乱。大伯简单问下我灌的斤两，并告诉我价格后，就扛起煤气罐，拉着楼梯间的扶手，蹒跚着下去了。

个把小时后，楼道间响起沉重的脚步声，过了好久，才上到我住的六楼。大伯扛着一罐气，颤巍巍站在我门口，脸色惨白，胸脯一起一伏，汗水不断往下滴。大伯站稳后，轻轻把气罐放下，靠着门框，大口大口喘气，不住用手袖揩汗。喘顺气后，大伯脱下鞋，光着脚，用力提起气罐，向厨房走去，准备换气。我赶快说："等等，还没称呢，你的秤呢？"大伯一怔，嗫嚅着说："还要称吗？我灌了好几年的气，我一直不带秤，一直没称的。"我说："不称怎么能证明你足斤足两呢？"大伯无言以对，脸有些红，呆愣在那里。我说："这次算了，下不为例。"大伯点点头，赶快换好气。大伯出门时说："你那个气阀的皮垫破损了，用长了怕漏气，下次我给你拿一个。"

不久，煤气又烧完了，我没有拨通大伯的手机。我见楼下有个秃顶的中年人，扛着一杆秤，正在吆喝灌气，我就让他灌了。中年人灌来煤气，让我找根棍子，帮忙抬起来，他再把秤砣移到所灌斤两的秤星，秤尾仍高高翘起。我见足秤，以后就一直让中年人灌了。

世事难料，妻子好端端的厂子，不想一下子垮了，我只好帮妻子在街上租间门店，收购一些稻谷和玉米，搞点粮食加工，补贴下家用。

一天中午，骄阳似火，我帮妻子看店。这时，一个人挑着一担麻布袋谷走来，一进店，急急放下担子，人一下子瘫坐地上，上气不接下气，衣服拧得出汗来。我一看，原来是先前灌气的大伯。大伯也认出了我，说："这店原来是你开的呀？"我说："是呀，你不灌气了吗？"大伯擦擦汗，憨笑着说："灌、灌。最近我回家割谷了。等把田侍弄好，我又来灌气，顺便陪儿子读一中。"我帮大伯称好沉甸甸的谷，我的心也有些沉重。大伯拿着我给的钱，正准备走。突然，大伯一拍脑袋说："差点忘了。上次我说给你家煤气罐阀门换个皮垫的，我好几次去六楼敲你家的门，都没人。"我抱歉地说："我现在白天都在店里，只有晚上才回去睡觉。"大伯从衣袋掏出皮垫，到厨房帮我换了。我感动地问："大伯灌气的手机号码没换吧？"大伯点点头，走了。

后来，大伯又来店里卖了几次谷，说是为孩子攒点学费。

一天中午，煤气又烧完了，我拨通了大伯的手机。大伯很快把灌好的煤气送到厨房，依然没带秤。我说："大伯，我有一事不懂，你怎么不带秤呢？你如果当面称称，给主人一个明白，不好吗？"大伯尴尬一笑，说："我一个乡巴佬，还敢在你们城里人面前做脚手吗？其实带秤的也不一定可靠，最近全县煤气输送清理整顿，查出许多灌气的秤都是非法拼制的，十有八九缺斤少两。我干这一行，吃的是良心饭。"我将信将疑，等大伯走后，我把气罐扛到店里的台秤一称，发现竟少了半斤之多。我摇摇头，苦笑一下。

晚上看电视，正在播全县煤气输送清理整顿的新闻，看见许多没收的非法拼制的杆秤，还有许多违反行规的灌气师傅正在接受教育，其中就有那个一直为我家灌气的秃顶中年人。我吃了一惊，真如大伯说的一样。我想大伯少那半斤气，也许是一时疏忽吧。

那天，妻子在厨房做饭，说没气了。我还是打通了大伯的手机。大伯灌好气，拿着钱走了。为证明我的猜想，我又把气罐用台秤一称，不想又少半斤。我生气了，我赶到门口，把走不多远的大伯叫回，指着台秤大声说："你自己看看，上次你少半斤，我以为是你一时疏忽，这次又少半斤，叫我又怎么想呢？"大伯揉揉眼睛，贴着台秤，看了又看。渐渐地，大伯的身子微微颤抖，额头沁出汗粒。大伯涨红着脸，结巴着说："我真不是故意的，也许是气站的人搞错了，我赔你钱。"大伯抖索着从

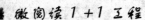

裤袋掏出十五元钱，放在柜台上，做贼似的走了。

　　我换好气，把钱交给妻子。妻子问："不是刚好的吗？怎么还多钱？"我气鼓鼓地说："不是多的钱，是大伯赔的钱。大伯上次灌气一称少半斤，这次一称又少半斤。真是知人知面不知心呀！"妻子停下手头的活，问："是用什么秤称的？"我说："大伯故意不带秤，我用我们店的台秤称的。"妻子的脸一下子红了，不好意思地说："你错怪大伯了，其实大伯没有缺斤少两，只是我把咱家台秤秤砣做了点手脚。"我怔怔望着妻子，瞠目结舌，心口发疼。

　　我冲到店里，拿起秤砣，狠狠向店外丢去。

　　妻子跑出来说："你疯了！"

　　我冲着妻子喊："你才疯了呢！"

致富策划

　　乌有市文化氛围浓厚，文学创作繁荣，有点名气的作家就有十几人，每年都要出版十几本书。

　　陈枫也是乌有市叫得响的作家，在全国各级报刊发表不少作品。在朋友的鼓励下，陈枫东挪西借，也自费出版了一本作品集，信心满满地印了4000本。他送2500本到各家书店，结果无人问津。他只好涨红着脸，找熟人朋友推销几百本。另外免费赠送亲戚同学几百本。最后还剩200本，码在墙角，碍眼绊脚，灰头土脸，像流落街头的弃儿。

　　一天，陈枫望着墙角的书发呆，这时来了一个矮个子，站在门口问有没有废纸旧书卖。陈枫迟疑一阵，还是把书卖了。

　　过了不久，市电视台播了一则广告：我市新开张一家振文书店，里面有许多有价值的图书，价格优惠，淘书者请速前往，惊喜等着你。

　　陈枫兴冲冲赶去，原来这家书店就在一个叫振文废品收购有限公司的废收站旁边。陈枫走进书店，眼睛不觉看花了，书架摆满书，地上躺满书，墙边码满书。那些书有的满面尘灰，有的缺张少页，有的糊着泥巴，有的发出一股刺鼻的屎尿臭。

　　陈枫捂鼻皱眉，边走边看，发现本市好多作家的书也落魄其中，就是没自己的，不觉几许欣慰。陈枫走到一个角落，朝地上一看，瞳孔不禁放大，原来自己的200本书散满一地，上面还留着别人的鞋印，泥迹斑斑。陈枫脸刷地变红，心一个劲乱跳，感到被踩的不是自己的书，而是自己的身子。陈枫赶快拿起一本书，结巴着问："这书卖多少钱？"卖书的说："半折。"陈枫说："这个作家的书我全部买呢？"卖书的说："算你慧眼识珠，三折。"陈枫还想砍下价，但终究没有出口，只好忍痛全部买下，叫板车偷偷拉回去了。

不久，市电视台播了一则新闻：振文书店开业以来，受到淘书族的热烈欢迎，我市一批作家的书大受追捧，作家陈枫的书一上午就被抢购一空……

陈枫的书放在家里，经常鼠咬虫蛀，很是心疼。一天，又一个胖子来问有没有旧书废纸。陈枫说旧书倒是有，要卖，那你们不能把书放进振文书店。胖子爽快答应了，拉走了书。

过了两个月，市电视台又播一则广告：中秋佳节将至，天龙广场将举行商品和书籍大型展销活动，行动者得实惠，不来者得后悔。

中秋那天，天龙广场喇叭声声，人头攒动。上面拉着一张大横幅："商品与书籍联姻，物质与精神共享"。旁边竖着一块大牌子："买一送一"。铺面上摆满劣质裤头、胸罩，旁边码着许多书。陈枫心里像打翻了五味瓶，不知啥滋味。陈枫挤上前问："你这买一本书，送一件裤头？"售货员摆头。"是买一本书送一件胸罩？"售货员又摆头。"那是买一本书送一件裤头和一件胸罩？"售货员说："你说反了，是一买一件裤头或一件胸罩送一本书。"陈枫脸热热的，心里堵得慌。这时一个妇女买了一件裤头，售货员把一本书塞给她。陈枫不看则已，一看眼珠子都快蹦出来了，原来那是自己的书。陈枫再向铺下一瞧，自己的书全部躺在那里。那买裤头的妇女把书又丢到铺上："这书拿回去有啥用，揩屁股还嫌硬了。"那妇女刚走出几步远，又折了回来，顺手把书拿上："差点忘了，家里正在腌酸菜，刚好拿去压缸口。"陈枫从脸一下子红到脖子，恨不得找道地缝钻进去。陈枫上前对售货员说："我不买东西，你这书能不能赠送给我？"售货员说："你不买东西，这书就不能赠送，只能掏钱买。"陈枫指着自己的书说："这个作家的书我全买了，多少钱？"售货员说："陈枫是我市有名的作家，看你戴着眼镜也是有墨水的，三折吧。"陈枫不好再讲价，狠狠心掏一把钱，把书偷偷买回去了。

第四天，市电视台又播一则新闻：我市商品、书籍大型展销活动圆满结束，许多极有文化品位的市民不爱商品爱书籍，特别是对我市作家的书青睐有加，作家陈枫的书一上市就被抢购告罄……

过了一段时间，一个瘦长个子又来收购旧书废纸，陈枫黑着脸不卖。

这时陈枫的老婆过来，粗声吼陈枫几句，把书卖了。

很快到了国庆节，市电视台又播一则广告：为答谢广大市民多年来的支持和厚爱，本公司特于国庆节前后，在九龙广场开展签名赠书活动，图书不多，送完为止。

国庆节那天，九龙广场音乐声声，彩旗招展，人声鼎沸。中间摆几张大桌子，上面放满各种图书，几个衣衫褴褛者正在忙着签名赠书。陈枫四处一看，到他家收旧书的矮个子、胖子、瘦长个子三个人也在其中。原来他们是一伙，陈枫气不打一处来。陈枫挤到一个不认识的签名者旁边，只见那人的手脏兮兮的，握一支残破的笔，随手拿出一本书，在上面胡乱几画，就把书丢给一位老人。那签的字是：没有你们的厚爱，就没有我们的成功。落款是：振文废品收购有限公司。那些字就像天书，拐来弯去，残肢断腿，如疯似癫，像一只只蛇蝎，咬噬着读者的心。陈枫一看封面，不觉一阵眩昏，原来那书竟是自己的。

那位老人拿到书，还是不走："老板，你行行好，我一个老人从乡下到城里一趟不容易，我家里生炉子的纸没了，揩屁股的纸也没了，你能不能多签几本？"签名者说："一人只能领一本，你让别人来吧。"陈枫听不下去了，脸像火烤着，血一个劲向上涌。他赶紧挤上前，对签名者说："你这书能不能不签名，赠送点我？"签名者摆摆头："不签名不能赠送，只能出钱买。"陈枫指着自己的书说："这个人的书我全买了，多少钱？"签名者说："陈枫是我市最牛的作家，我看你文质彬彬也是个读书人，就以跳楼价给你，三折。"陈枫本想再砍下价，但碍于人多眼杂，只好忍痛买下来了。

三天后，市电视台又播出一则新闻：自国庆节以来，振文废品收购有限公司签名赠书活动受到广大市民的大力支持，令人欣喜的是，许多市民不要免费赠书，甘愿掏钱买书，我市一批作家的书深受欢迎，作家陈枫的书一会儿全部卖完……

那天，那个瘦长个子又来了，陈枫不等对方张口，就破口大骂："你们这些破烂货，还有脸见我！你们狼狈为奸，屡次三番算计我，赚黑心钱，你们还有没有良心？"瘦长个子等陈枫骂完，笑着说："陈作家，你误会了，我们不是屡次三番算计你，而是屡次三番宣传推介你。我这次

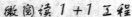

来也不是来收你的书，而是来帮你运书。你不知道吧，这大半年来，你的书在书店大受欢迎，销量直线上升。昨天我去几个书店，发现你的书都卖完了。"陈枫站在那里，云里雾里，将信将疑。这时，陈枫的手机响了，是新华书店朱经理的声音："陈作家呀，恭喜你呀，你终于飙红了，你放在书店的书成了香饽饽，全部抢购完了。你家里如果有，请赶快运来；如果没了，请赶快加印……"

陈枫说不出话来，一下子愣在那里，呆若木鸡。

后来，乌有市有人又出版一本叫《致富策划》的书，迅速畅销全国，讲的是一个人自费出书陷入困境后，从破烂王到百万富翁的创业历程。

陈枫买了一本，一看，不禁大吃一惊：原来作者是陈枫的文学启蒙老师，还是振文废品收购有限公司的总经理。

不知道你咋混的

柱叔是村干部，直肠直肚，有话憋在心里睡不着觉。柱叔多年媳妇熬成婆，前年选上了村长，听说混得蛮滋润。

那天中午我正准备下班，柱叔带着几个村干部找上门来，说想找领导批点资金，在村前那条小河上建座桥。

我给他们倒杯茶，说："大中午了，都是亲房叔侄，先去我家吃点便饭吧。"

"你家离那么远，再说下午想在政府找下县长，就在附近餐馆混下算了。"柱叔丢掉纸杯，抹抹嘴角的茶水说，"现在你们政府领导，还有哪个去家里请客的？"

"好好，就在附近吃。"我的脸有点燥热。

我们进了一家宾馆。也许都饿了，一阵觥筹交错，风卷残云，地上就躺满了酒瓶，桌上也只剩一点汤水。柱叔喝得最多，从脸一直红到胸脯，声音也高了几度。

我到前台结账，一共五百多元。我丢给收银员六张大票子。

柱叔站在旁边，剔牙的手顿时不动了，他瞪大眼睛问："你怎么不签公家的单呢？"

"这是招待自己的客人呢。"我收起收银员给的零钱。

柱叔直摆头："你这个政府办副主任，不知道咋混的！"

下午，我带柱叔找了贾县长，并递上申请报告。贾县长说建桥是民心工程，政府应大力支持，等研究一下再说吧。接着我又带柱叔去找了交通局王局长。王局长说上面有专项资金，只要县长签字，就立马下拨。

该找的都找了，我问柱叔："这事咋办？"

柱叔说:"这还用问吗?只要把贾县长搞定,一切就水到渠成了。贾县长说研究一下,还不是要我们烟酒一下。事不宜迟,趁热打铁,今晚就上门。"

晚饭后,柱叔买了几千元的好烟名酒。柱叔问贾县长住在哪?我蒙了,摇头。我赶快打电话问几个同事,都说贾县长住在公务员小区十栋三单元,但到底是三楼还是四楼,是左边还是右边,也一时记不清。

找到公务员小区,上到三楼,我按响左边门铃。很快门开了,探出一个女人的头来。"请问是贾县长家吗?""我不认识贾县长。"女人把门关了。

我又按响右边门铃,过了一会,有人开门了,让我大吃一惊:原来是交通局王局长。

王局长看见我和柱叔,脸上马上堆满笑,他一把握住我的手说:"付大主任呀,稀客稀客,快请进快请进。"他立刻又对我后面的柱叔说:"付村长呀,看你还买这么多东西,太客气了,修桥的事我不是说过吗,我会全力支持的。"

我站在门口,犹豫不决,进退两难,脸上火辣辣的。

事情已到了这分上,我只好硬着头皮进去了。柱叔也只好跟了进去,很不情愿地把礼品放了下来。

王局长又是倒茶,又是递烟。我既没喝茶,也没点烟。我坐在沙发上,如坐针毡。我敷衍地客套几句话,就逃也似的出来了。

来到外面,我长长吁一口气,发现内衣都汗湿了。旁边的柱叔沉着脸,一口一口吸着闷烟。

"真是活见鬼,几千元就这样打了水漂!"柱叔把烟蒂往地上一丢,狠狠踩上一脚说,"你这个副主任也当十几年了,连县长的屋朝东靠西都不清楚,真不知道你咋混的!不跑不送,原地不动,难怪你老是姓'副'呀!"

我自认理亏,一句话也说不出来,脸像火烤着,恨不得钻地缝。

好事多磨,资金总算下拨,桥也很快竣工。

那天柱叔找到我,递给我一张请柬,说"民心桥"准备搞个落成典礼,想把在外工作的老乡都请回去凑个热闹。

庆典那天恰好是星期六，我大黑早就搭车回家。不想客车在半路坏了，修了两个多小时。一下车，就看见桥头彩旗飘扬，鼓乐声声，人头攒动。

　　柱叔看见我，迎上来问："你怎么这么晚？你的车呢？"

　　我说："我是坐客车回的，半路抛锚耽搁了。"

　　"客车？"柱叔的脸一沉，叹口气说，"你也是个政府领导，在这样的场合，你怎么不注意身份呢？"

　　柱叔又指着桥头停满的小车说："咱村在外做事的，有单位的都开着单位的小车回，当老板的都开着自己的小车回，混得最孬的也租了辆出租车回。你叔本想你给他脸上镀点金银，涂点脂粉，不想你却这样，真不知道你咋混的！"

　　我觉得对不起柱叔，一时张口结舌，只是苦笑。

　　我来到礼房，掏出500元，递给会计。

　　柱叔指着账薄说："上面登记的，最少也出了800元，你能低人一等吗？"

　　我咬咬牙，又掏出500元。

　　会计记好账，翻开发票问："给你多开多少？"

　　我摆摆头说："我自掏腰包送礼，连发票都可以不要，要多开干啥？"

　　"其他单位来送礼的，都是开多点回去找单位报销的，你难道不能报销吗？真不知道你咋混的！"柱叔怔怔看着我，好像不认识似的。

　　我尴尬地接过发票，捏成一团，一出门，一下丢进垃圾堆里。

　　很快三年过去了，不想那座桥出了问题，垮塌了。县里派人去一查，发现柱叔贪污受贿几万元，自然被判了刑。

　　那天去探监，柱叔看上去瘦了，但精神还好。我递根烟给柱叔说："桥垮后，乡亲们都戳你脊梁骨呢，说当初都瞎了眼，选上你当村长，让民心桥成了泯心桥。"我又接着说，"你出事后，叔娘不吃喝，不说话，只流泪。还有小柱在学校也抬不起头，成绩一落千丈。你现在不仅害了乡亲，害了家人，还害了自己。你这个村长，真不知道咋混的！"

　　柱叔好像被什么刺了一下，身子一颤，一口烟一下子呛着，连连咳嗽。

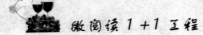

柱叔喘顺了气，望着我说："人倒霉，喝水也塞牙。那么多一贪几百上千万的，通过找关系，打通关节，不是都化险为夷了吗？与这些大鱼相比，我连只小虾都算不上。如果当初我被纪委请去，你也替我到处活动活动，打点打点，我今天还会在这里受罪吗？唉，你在政府这么多年，真不知道咋混的！"

我无话可说了。我把带来的衣物交给柱叔。

临走时，我对柱叔说："你好生改造吧！"

一头出逃的牛

它，一头黄牛，生活在城中村。

短短几年间，村里大片大片的田地被推土机推平，一些高楼大厦雨后春笋般长出来。

一天，它蜷缩在牛圈里，无意中发现外边一株桃树开了。它好像突然有了精神，它站了起来，抬头朝远方哞了一声。它想起了从前，此时此地，天上燕子斜飞，田里犁耙水响，还有青草泥土的新鲜气息沁人心脾。但现在这一切都被岁月的风吹逝了，只留下一点美好的怀想。现在充斥眼耳鼻的，是直插云霄的大楼和被切割得支离破碎的天空，是机器撕心裂肺的轰鸣和集市终日不息的喧闹，是混着怪味的空气和散着臭气的小河。

它又看到了那些农具，犁耙、牛轭、蓑衣、斗笠，像一个个相依为命的兄弟，安静地躺在圈里。在风霜雨雪的侵蚀下，满面尘灰，锈迹斑斑，虫蛀木朽。它的心在疼，它用尾巴拂着那些灰尘，用舌头舔着那些锈迹，用肚皮蹭着那些烂屑，轻轻柔柔，就像亲抚着自己的犊儿。

每一件农具，都有一段苦涩的回忆。为了这片土地的五谷丰登，它们披星戴月，栉风沐雨，犁田耕地，忙种抢收。它曾一天耕一亩半水田，它曾一口气犁一块阔地，它曾拉一车薯走五六十里山路，都让同伴瞠目结舌。它还在这里自由恋爱，生儿育女，把情爱洒遍山头地边。

好汉不提当年勇，现在它彻头彻尾老了，掉了牙，落了毛，瘦骨嶙峋，没了以前的剽悍雄风。它身边也没了一个伴儿，那些牛子牛孙牛兄牛弟，有些是它生的，有些是它看着长大的，有些是与它同甘共苦的，它们曾默默喂养了这个城市，但现在被这个城市抛弃了：身强力壮点的被卖到了远方的乡村，老得还没有掉膘的被卖到了屠宰场。每当同伴被陌生人牵走，它的心就像刀割，它的眼就红了。现在全村就只剩下它了，它每天枯坐在狭小的圈中，像一位孤寂的老人，默默咀嚼着岁月的凄风苦雨，反刍着人生的离合悲欢。

面对着残阳，面对着黄昏，它一声长哞，像杜鹃啼血，如泣如诉。

晚上，它听见隔壁主人在说话。女人说，现在田地都卖光了，几万元补偿费也治病用完了，孩子开春学费一分也没着落，还是把那头牛杀了卖几个钱，留在家里也是个负担。男人长叹一声说，造孽呀！好歹它也为我们家忙碌了一辈子，我是不忍心下手的，明天你叫屠宰师傅牵去吧！

它听到这里，心被狠狠剜了一刀，浑浊的老泪流了出来。它不想死在这水泥钢筋的森林里，它要死也要死在远方的乡村，那里有肥田沃土，那里有茂林修竹，那里有清泉丰草。

它想到了抗争，想到了逃跑。它咬断绳索，冲出圈门，披着夜色，向远方的乡村奔去。

它跑呀跑呀，天渐渐亮了，它闻到了泥土青草的气息，它发现眼前豁然开朗：一片广阔的田野，薄霭迷蒙，暗香浮动，布谷声声；田里风声水响，犁耙匆忙，牛铃清扬；农民正忙着插秧，腰弯如长弓，手似鸡啄米，争先恐后，有说有笑。转眼一丘栽好，纵横成行，青葱欲滴，就像一首写给春天的诗。

它愣在那里，瞪眼看着，惊喜且贪婪。它尾巴一扬，一声长哞，远方也传来声声回哞，好像是对它的问候和欢迎。它心里涌上一股暖流，眼睛悄悄湿润。

它大胆地来到一丘田边，一个农人正在侍弄秧田，见它又累又饿，便丢些芭茅给它吃。

很快，它的主人找来了。主人用力拉着它回家，但它犟着鼻子，主人往右拉，它就向左甩，主人向左拉，它就往右甩，鼻子拉出了血，鼻栓都快拉脱了。主人只好用竹鞭抽，狠狠地抽，一抽一声脆响，一鞭一道血痕，但它喘着粗气，纹丝不动。最后不堪承受，四蹄一软，打着响鼻，跪倒在地，闪着哀怜的泪光。

主人动了恻隐之心，说把它卖给农人算了。农人明明知道这是一桩不划算的买卖，但最后还是接过了牛绳。

　　忙不过来时，农人也让它帮着犁田翻地，不想它分外卖力，不用扬鞭自奋蹄，即使累得满嘴白沫，也不停不歇。有时一天也能犁亩把田地，拉好几趟东西，跟一般的壮牛不相上下。

　　一天，它犁着犁着，突然口吐白沫，四蹄一软，一头栽倒田上，再也没有起来。

　　农人眼红了，断然拒绝了女人宰杀的要求，把它埋在了田边，让它永远依偎在乡村的怀里。

抽　烟

　　阿芳来到温州，跑了一个多月，一点路费跑完了，也没找到工作。

　　阿芳的爸爸去世早，这次出来打工，主因弟弟病得很重，急着要钱动手术。

　　阿芳已两天没钱吃饭了，饿得头昏眼花，全身像棉花一样软。她无亲无故，走投无路，只好含着泪去了附近一家发廊。

　　发廊有好多女孩，都穿得很短很薄很露，头发嘴唇指甲红红绿绿，手上还夹着烟，一口接一口吞云吐雾，伴着放肆的说笑声。

　　阿芳走进房间，一股浓烈的烟气袭来，让她连连咳嗽。她拣个角落坐下，勾着头，不言不语，只是用手摩挲着那根又黑又长的大辫子。

　　这时房里安静了些，她们把目光一齐投向阿芳。

　　一个年龄大点的来到阿芳跟前，把阿芳的头托起，问，刚来的？阿芳轻轻点了点头。

　　那女的又问，看你挺嫩的，破过瓜吗？阿芳脸涨得通红，心一个劲乱跳。

　　那女的又嬉笑着说，破瓜挺痛的，不过可以卖个好价钱呀。阿芳的脸就火烧火燎，恨不得墙裂道缝钻进去。

　　那女的临走时深深吸了一口烟，一下吐在阿芳脸上，说干我们这行挺苦的，先麻木下神经吧。阿芳顿时咳个不停，连眼都红了。

　　其他女的就一齐大笑，东倒西歪。

　　过了几天，阿芳去买了一套超短裙，也像她们一样穿得很薄很短很露。她想，既然来了，就要入乡随俗。但她还是离她们远远地坐着，她怕她们抽烟。她们有时也给阿芳分烟，阿芳自然没接。阿芳最讨厌别人抽烟，小时候一嘴烟味的爸爸要亲她，她就左躲右闪，让爸爸屡屡扑空。

时间一长，她们就很少跟阿芳说话，有时还对着阿芳嘀嘀咕咕，眼神怪怪的。阿芳就像生活在孤岛上，感到孤单而压抑。

那次一个女的又递来烟，阿芳没再拒绝，而是很快接了过来，借火点上，并轻轻吸了一口，顿时呛得涕泪直流。阿芳抚下胸脯，揉揉眼睛，等咳嗽停了，又接着抽。阿芳抽完烟，呆呆地枯坐着，感到昏昏沉沉，麻麻木木，苦苦涩涩，好像失了魂一样。

后来，阿芳每次陪客人做完事，就要点燃一支烟，一个人靠在角落里，不说一句话，只是一口一口抽着，一声一声咳嗽着。烟在暗处明明灭灭，缭缭绕绕，越来越短。阿芳的眼就渐渐红了，泪水悄悄流出来。

很快，阿芳学会了抽烟，她能利索地点火，她能潇洒地弹烟灰，她能优雅地吐烟圈。而这时，她也离不开抽烟了。她每天要买上一包烟，除分些给姐妹们，剩下的她就全抽了。如果一会儿不抽烟，她就茶饭不香，坐卧不宁，好像体内有千万只毛毛虫在爬。

转眼到了年底，阿芳挣够了弟弟的手术费，她要回去过年了，她决定回去就再不来了，她想在家里开个小店做点小生意，靠自己的双手挣点干干净净的钱。

阿芳回到家，吃过中饭，就到睡房悄悄抽烟。不想她妈刚好进来，发现了。

她妈吃惊地说，阿芳呀，你怎么学会了抽烟呢？

阿芳吐口烟说，在外人生地不熟的，晚上睡不着就想家，只好抽点把烟，打发下时间。

她妈说，一个闺女家，怎么能抽烟呢？

阿芳噘着嘴说，弟弟不是也抽烟吗，我怎么就不能呢？

她妈急着说，你弟是你弟，你弟是男的，你看咱们村哪个女的抽烟的？

阿芳又吸一口烟，气鼓鼓地说，现在男女平等了，男的能抽，女的怎么不能抽呢？

她妈的脸沉了下来，说，女的抽烟当然有，但那是些什么人？你在县城没有看见吗？那都是按摩厅理发店的"鸡"，如果你抽烟让左邻右舍看见了，他们会怎样看你？我这张老脸又往哪搁？

阿芳听不下去了，她把半截烟一下丢在地上，用脚狠狠地踩得粉碎，一下倒在床上生闷气去了。

躺了一会，她又坐起来，她想她的男朋友阿飞打工也应该回了，她想去找他聊聊天解解闷。

阿飞就住在村口，阿芳走进阿飞家，果见阿飞坐在椅上看电视，手里夹着一根烟。

阿飞见了阿芳，很是高兴，他先拉把椅子让坐，再去泡杯茶，双手递上。阿飞笑着说，我刚下车，正想歇下脚，过下子去看你，不想你倒先来了。

阿芳也笑着说，我也是中午刚回，我来看你不是一样的吗？这才叫心有灵犀呢。

阿飞就赔着笑，他不时抽上一口烟，不时咳嗽几声。

阿芳见旁边桌上放着一包烟，还有打火机，她就抽出一支，自己点上。

阿芳吐一个美丽的烟圈，嬉笑着说，你抽烟还是没长进，还得向我学学呢。

阿飞瞪着眼，吃惊地问，你也会抽烟？你怎么学熟的？

阿芳嗔笑着说，别大惊小怪的！一个人在外举目无亲，你又不在身边陪我，晚上只好点支把烟，排解下寂寞之苦。

阿飞说，一个姑娘家，怎么能随便抽烟呢？

阿芳没了笑，她吐口烟说，原来你也满脑封建思想呀！现在都什么年代了？你能抽烟，为什么我就不能？

阿飞板着脸说，我原来就是抽烟的，虽然在外打工没抽了，但如果回来不发烟不抽，那左邻右舍会怎样看我呢？你原来不抽烟的，如果打工回来变成抽烟了，那左邻右舍又会怎样议论你呢？你又不是不知道，在外抽烟的多是那些发廊妹按摩女，哪有几个好的？

阿芳气得脸由红变白，身子都微颤起来，她粗声说，我最讨厌抽烟的男人不要女人抽烟，我要抽烟谁也管不了！

阿飞也毫不让步，涨红着脸说，你要抽烟我当然管不了，那我们的关系也就到此为止了！

阿芳的眼就红了，她一下子站起来，冲着说，分手就分手，难道我还赖着你不成！

阿芳哭着冲出门去，阿飞站在那里呆若木鸡。

阿芳的年就过得很郁闷很压抑，她的心冰冰凉凉的，就像那天寒地冻的天气。

一开春，本来不打算出去的阿芳又改变了主意，去了深圳。

一到深圳，打工的人山人海，工厂趋于饱和，许多人流落街头。阿芳跑了许多地方，鞋跑破了，钱跑完了，也没找到事做，只好又去了一家按摩中心。

阿芳又回到了那些抽烟的姐妹中间，她又可以自由地抽烟了。但她刚吸一口，就呛得一阵咳嗽，感到心口隐隐作痛，泪水禁不住夺眶而出。

打电话

晚上，贾县长在看电视，天气预报最近连日暴雨，要各地做好防汛准备。

贾县长每天迎来送往，大会小会，忙得陀螺转。他一直没空下去转转，那几座病险水库就像一块心病，让他寝食不安。

贾县长赶快翻开电话簿，找到防汛办陈主任的手机号码，他想问问下面的具体情况。

贾县长滴滴滴按响陈主任手机，但还没接通，他又一下掐断了，他觉得有点不妥。

贾县长接着又按响了分管农业的李副县长的手机。贾县长说，李（副）县长呀，不知你刚才看天气预报没，最近要连日暴雨呢，不知那几座病险水库整治得怎样了？

李副县长说，领导费心了，我看了天气预报呢，形势不容乐观呀。我前天又召开了防汛工作会，要求各包保责任人迅速到乡镇，做到人员、物资、资金三到位，彻底排除每座水库的隐患，不留一处死角，真正做到隐患一天不排除，人员一天不撤离，责任一天不脱钩，确保安全度汛。

其实李副县长也是每天忙于应酬，忙于开会，一直没下去，心里一点没底。李副县长赶快按响陈主任手机，但还没接通，他也掐断了。他想起了分管防汛办的水利局王局长，他按响了王局长的手机。

李副县长说，王局长，不知你刚才看天气预报没，最近要连日暴雨，不知那几座病险水库整治得怎样了？

王局长说，让领导费心了，天气预报看了呢，形势逼人呀。我昨天召集各包保责任人，召开了一个防汛工作会，要求大家迅速到乡镇，确保人员、物资、经费三到位，彻底排除每座水库的隐患，不留一处死角，真正做到隐患一天不排除，人员一天不撤离，责任一天不脱钩，确保安全度汛。

王局长半年来一直忙于外出考察，忙于党校学习，只下去转过一次，对水库情况也知之甚少。他赶快拨通了陈主任的手机。

王局长说，陈主任，不知你刚才看天气预报没，最近要连日暴雨呢，不知那几座病险水库整治得怎样了？

陈主任急着说，谢谢领导关心，我看了天气预报呢，形势严峻呀。你如果不打电话来，我正准备打过去向你汇报呢。这几个月我都在下面，但工作不好推动，好多责任人三日打鱼，两日晒网，出工不出力，最主要的还是经费没到位，巧妇难为无米之炊，没有钱水库那些大窟小窿怎么补呢？

王局长说，陈主任呀，水库安全重于一切，如果出了什么问题，我们谁都脱不了干系。你马上通知各包保责任人，要迅速到乡镇，确保人员、物资、经费三到位，彻底排除每一座水库的隐患，决不留一处死角，真正做到隐患一天不排除，人员一天不撤离，责任一天不脱钩，确保安全度汛。

没过几天，暴雨袭来，山洪肆虐，一座险库出现严重管涌，如不及时采取措施，将殃及库下几百村民。

形势万分紧急，陈主任滴滴滴按响了贾县长手机，但还没接通，他又掐断了，他觉得有点不妥。

陈主任又赶快按王局长的手机，但王局长手机正在通话中，一时连接不上。陈主任心像野兔乱跳，额头都是汗。

好容易接上了，陈主任赶快把紧急情况向王局长作了汇报。王局长抖着手按响了贾县长的手机，但还没接通，王局长又一下子掐断了，他也觉得有点不妥。他又急急按响了李副县长的手机，但李副县长也在通话中。王局长像热锅里的蚂蚁，不住团团转。

总算打通了，王局长赶快向李副县长作了汇报。形势危急，人命关天，李副县长哆嗦着打贾县长的手机，很不巧，贾县长的手机也在通话中。李副县长脸渐渐由红变白，内衣也湿透了。

贾县长的手机总算打通了，加上李副县长和王局长，前后汇报耽误了一个小时。

正是这一个小时，错过了最佳转移时间，水库冲开了一道豁口，淹死了不少村民。

一天，不再是防汛办主任的陈军接到贾县长的电话，他赶快站起来，毕恭毕敬地说，贾县长好，请问领导有什么指示？

不再是县长的贾强说，陈军呀，我是你高中同学贾强，我摘了乌纱帽你又不是不知道，你怎么还这样官腔官调呢？

陈军说，老同学好，是我连累了你，真不好意思的。

贾强说，老同学说哪去了，是我对不起你，让你受牵连了。

贾强接着说，老同学，有一件事我一直不明白，当初水库管涌，你怎么不直接给我打电话呢？

陈军说，老同学，我也有件事一直不明白，你平时了解下面病库除险情况，怎么不直接给我打电话呢？

两人一时无语。

离 婚

　　不是冤家不聚头，女人和男人结婚后，就大吵三六九，小吵天天有，完全没有了恋爱时的美好。有时为柴米油盐吵，有时为迎来送往吵，有时为开支列支吵。

　　吵多了，吵烦了，吵累了，女人就说，这日子是没法过了，离婚！

　　男人也不甘示弱，冲着说，离就离，没有你我就不活了？

　　女人就哭，双肩一颤一颤，很委屈的样子。

　　男人也不去劝下，板着脸，一口一口吸着闷烟。

　　女人就越哭越大声，越哭越伤心，一把鼻涕一把泪。

　　女人的心在那一刻碎了，觉得眼前的男人可怕且可憎，平时不仅不疼爱关心自己，还屡次三番伤害自己，离婚的念头便日益坚定和强烈。

　　那时女人怀了孩子，女人恨恨地对男人说，去医院把孩子打掉，再离婚。话一出口，女人的心便像刀子刺，很疼很疼。女人知道，孩子是无辜的，孩子是自己身上的骨肉，孩子是自己所有的希望和梦想呢！女人的眼红了，泪也出来了。女人就又微颤着说，等生了孩子，咱们再离婚，孩子没有过错，不应成为咱们离婚的牺牲品。

　　后来女人生了孩子，那孩子白胖透红，大头大眼，特别是那眉毛一笑一动都像极了她，女人的心便柔柔的甜甜的暖暖的，脸上也有了笑容和红润，像春花一样绽放。但等孩子一睡，一看见自己的男人，一想起那个离婚的约定，女人的心便又冷冷的乱乱的慌慌的：若不离婚，每天就这样将就着混下去，那自己这辈子也太不值，那也太便宜这个臭男人了；若离婚，谁又愿意把这么可爱的亲骨肉送给后妈，又有哪个后妈疼爱别人的孩子呢？女人的眼又红了，泪又出来了。女人便黑着脸对男人说，等孩子长大点咱们再离婚，我不忍心孩子一出生便没了妈，这对孩子太残酷也太不公平了。

两人以前一直租房，居无定所，每年至少要搬一次家，后来搬来搬去搬得烦了，便咬咬牙，找亲求友，东挪西借，买了一套房。家安稳了，孩子也渐渐长大了，女人那颗悬着的心也踏实了，但那个离婚的念头又悄悄萌发了。她想提醒男人，但几次都欲言又止，最后还是没有说出口。她想这个时候离婚，是不是有点自私有点冷酷有点不近人情？这时孩子正需要营养长身体，而男人是个马大哈，不会浆衣洗裳生火做饭，若把养得白胖的孩子交给他，那自己一直倾注的爱不是前功尽弃了吗？再说买房背了一屁股债，男人每天在外面卖苦力，干重活，流臭汗，还房债，如果这时不帮他一把，而是弃之而去，那不是太没有良心了吗？女人便粗声对男人说，等孩子长大了，房债还清了，咱们再离婚，我不想走后被人指指戳戳说三道四！

几年过去了，债务还清了，男人又去银行贷款，与朋友一起做生意。男人每天早出晚归，进货出货，催款讨账，风来雨去，又黑又瘦。但男人不会经营管理，最后生意亏了，亏得稀里糊涂，亏得一塌糊涂。那段时间，男人一言不发，连争吵也没了劲，只是把自己关在房里，除了睡觉，就是抽烟，脸上愁云密布，心里下着苦雨。这时女人其实想起了以前的约定，等还了房债就离婚，但这时她怎能说出口呢？男人表面是坚强的，其实内心最脆弱，何况是遭受重大挫折跌至人生低谷呢？这时要离婚那还不是雪上加霜伤口撒盐？那还不是把人往死路上逼？这时除了为男人宽宽心鼓鼓劲，帮一把扶一程，作为女人还能怎样呢？女人便轻柔地说，钱亏了还能赚回来，男子汉大丈夫，跌倒了难道就站不起来了吗？至于离婚的事，等你生意做顺了再说吧。

……

几十年过去了，女人就这样在争吵中要离婚，在要离婚中争吵，但最后还是因为这样那样的原因，没有离成。

突然有一天，男人患脑溢血死了。女人当时昏倒了，醒来后捶胸抓土，呼天抢地，披头散发，涕泪乱流。女人边哭边骂，你这死鬼呀，说走就走，你叫我以后跟谁吵架，你叫我以后找谁离婚，你怎么撇下我不管了呢？

　　旁边的人听得眼红了，不住用衣袖揩着，同时心里暗暗纳闷：这是一辈子一直争吵的女人吗？这是一辈子一直要离婚的女人吗？

　　没过几年，女人也走了。临死前，女人对孩子说，这辈子与你爸吵惯了，你爸一走我还真念着，我死后，记得把我葬在你爸旁边，我到那边找他吵去。

　　说完这些，女人就断气了，脸上露着微笑。

棉 殇

秀芳关在房里哭了两天，眼睛都成了红桃子，最后还是答应了婚事。

秀芳是答应嫁给煤窑老板黑狗，黑狗除了有钱，就只剩下又黑又胖又矮，而秀芳出落得青葱水灵，百里挑一。乡亲们便叹气惋惜：又一朵鲜花插在牛粪上了。

原来秀芳爸爸得了一场大病，光手术费就要十几万元，她砸锅卖铁，东挪西借，连零头也没有攒到。山穷水尽之时，黑狗上门提亲了，并送上十几万元现金。看着卧床呻吟的爸爸，以及以泪洗面的妈妈，秀芳牙一咬，心一横，便点了头。

婚期一天天近了，一天，秀芳对她妈说，我想再弹床棉絮。她妈有点纳闷，说家里不是弹了好几床吗？如果你嫌嫁妆少，就添点其他东西吧。秀芳摇头，说嫁妆不少呢，我只是想添床棉絮。她妈还是不解，又不好再问，便说那还是去找隔壁阿来叔吧，他的棉花弹得好。秀芳又摇头，说不呢不呢，这次我想去找上村的华子，听说华子也是把好弹手呢。她妈身子一颤，心都吊到嗓子眼了，她知道华子是秀芳的男朋友，都快谈婚论嫁了，但一想到秀芳为家里受的委屈，也就不好阻拦。

第二天，秀芳称了几斤棉花，装在塑料袋里，用绳子系着，一路趔趄，来到华子家。华子家有几个人在弹棉花，秀芳把棉花交给华子，低着头，涩涩地说，过两天，我就要出嫁了，麻烦你为我弹床棉絮。秀芳说不下去了，满眼晶莹，她赶快用袖头揩揩，急急向门外晃去。

华子一下子愣在那里，呆若木鸡。等他回过神来，赶到门口叫时，秀芳已没了影子。华子就像失了魂，眼睛红红的，他对那些人说，我有点不舒服，今天不弹棉花了。说完，他把秀芳那袋棉花往墙角一丢，一下躺在了床上。

次日，华子起得很晚，起床后也没有弹棉花。他只是打开橱门，抱出一床新棉絮，那是他打好准备和秀芳结婚的，他找一根红麻绳捆好，踉踉跄跄，背到秀芳家。华子把棉絮交给秀芳，颤颤地说，秀芳，祝福你！接着已是泣不成声，只好掉转头，快步走了。秀芳心一沉，身一软，一头栽在棉絮上，嘤嘤哭泣，双肩一颤一颤。

秀芳出嫁了，但嫁过去没有三年，黑狗就喜新厌旧，在外面又找了女人。黑狗提出离婚，说愿意出30万元，作为青春损失费。秀芳同意离婚，说钱一分也不要，家产一点也不要，只要那床嫁过来的棉絮。

那床棉絮就是华子弹的，秀芳一直没有打开铺床睡觉，他只是用塑料薄膜套着，放在大立橱里。每到黑狗在外眠花宿柳，彻夜不归，她就打开橱门，默默地看着，轻轻地抚摸着。她就像看见一个俊朗挺拔的男人，静静地站在她面前，微笑地看着她，脉脉含情。她的心在那一刻就碎了，泪水止不住流下来。

离婚后，秀芳又回到了娘家。秀芳待在家久了，就出来散散心。有一次，她踱到禾场，听到了弹棉花的声音，那明显不是隔壁阿来叔家的。她就问，乡亲告诉她，那是华子在咱村弹呢，华子一直还没有谈女朋友，别人给他介绍了几个有才有貌的，他都没有上前。秀芳的心一颤，疼疼的，就像刀刺了一下。秀芳站着细一听，发现那弹声颤颤悠悠，缠缠绵绵，幽幽怨怨，好像有满腹心事，无人倾诉。秀芳听不下去了，赶快擦下眼角的泪，逃也似的回家，不敢再出门。过了几个月，秀芳有事出来，发现那弹声没有了。一问，乡亲说华子弹断了弓弦，华子说再也不弹棉花了。秀芳的心弦也好像断了，一个趔趄，倚在墙上，瘫软下来。

一年后，秀芳又结婚了。后来，听说华子也结婚了。秀芳长吁一口气，心里舒坦了些，好像一块石头落了地。

秀芳结婚后，也把华子弹的那床棉絮放在立橱里，一直没有铺床睡觉。她男人有时见棉絮占空间，衣服放不下，就说打开铺床算了。秀芳就脸一沉，一口回绝，说床上都垫三四床棉絮了，你想把自己热死呀？

那年冬天，阴雨绵绵，好容易出了点太阳，秀芳便把那床棉絮抱出去晒。一打开，里面竟飘出一张纸条来：秀芳，委屈你了。如果你与黑

169

狗过不下去，你就回来吧，我等你五年。如果你还喜欢我，你随时找我弹床棉絮，我们就开始新的生活。

与此同时，华子也从墙角找出秀芳的那袋棉花，提到禾场去晒。一解开，发现里面也黏着一张纸条：华子哥，如果你真的爱我，这床棉絮你就不送给我了，我俩明天就去领结婚证，结婚后再想法还黑狗的钱。

后来，天气越来越冷，竟下起了大雪，纷纷扬扬的，就像那雪白的棉花。

路 灯

这是一栋职工宿舍楼,办公室一般干部小王住一楼,办公室副主任大李住二楼,贾局长住三楼,退休的老张住四楼。

在贾局长还不是局长前,各家楼道前的声控灯一响都亮着。等贾局长成了局长后,他家门前的声控灯不知啥时不亮了。

三楼没了路灯,除了贾局长家直接受到影响外,再就是四楼的老张了。

那晚,老张下楼买点东西。他出门时还是悠闲走着,但一近三楼,进入黑暗地带,他就抓紧楼梯,颤颤巍巍,如履薄冰。

老张路过贾局长家,见门前晃动着一个黑影,手来回摸索锁孔,反复插了几次才打开。仔细一瞧,原来是贾局长。

老张说,贾局长真辛苦呀,昏天黑地才回。这路灯坏了,开门不方便呀。

贾局长叹口气,抱歉地说,当这个小萝卜头,每天忙得陀螺转,连换个灯泡的时间都没有,只是影响了你这老革命上上下下呀。

老张笑着说,哪里哪里,我有的是时间,我抽空为你换一个。

次日,老张果真去买了一个灯泡,再从家里搬来椅子垫脚,把贾局长的灯泡换了。

当晚,老张下楼来,一声咳嗽,路灯真亮了。老张抓着楼梯的手就松了,脚步也轻快了些,脸上还有了笑。

但没过几天,贾局长家门口的路灯又黑了,老张拍手蹬脚也没反应。

老张摇摇头,无奈地说,现在的东西也太水了,钨丝还没烧热呢。他接着自责,看我真老糊涂了,为局长家换灯泡怎么也买那样便宜货呢?

便宜不是货是货不便宜难道也不懂吗?

第二天,老张跑到大老远的超市,买了个有点贵的灯泡,直奔贾局长门前。

老张踮着脚,颤着身,抖着手,取下那个坏灯泡。他擦擦上面的灰尘,看看是不是钨丝烧断了。这一看让他大吃一惊,原来这个坏灯泡不是他原来换的那个。

老张挠挠头,不解其故。很快,他好像悟出了什么。他摆摆头,苦笑着,把那个坏灯泡又装上。他提着椅子,佝偻着腰,蔫蔫回去了。

过了一段时间,老张路过一楼,不想小王家路灯也坏了。老张一不小心,一个趔趄,竟把脚崴了,倒在地上。

小王听到外面的哎哟声,赶快出来,把老张扶回家,连连赔不是说,办公室每天鸡毛蒜皮的事多,竟把路灯的事忘了,真对不起您老人家,我马上换马上换。

一个星期后,老张脚好了些,他晚饭后下楼走走,一拐一瘸路过小王家,发现路灯还黑着。

老张散好步,就上楼来。他路过二楼大李家,门没关实,听见里面说话。

大李气呼呼地说:局里也真是的,凭什么把小王提为办公室主任?我在办公室工作了几十年,没有功劳也有苦劳!我当副主任的时候他小王在哪,还在流鼻涕穿开裆裤呢,他凭什么领导我?

大李老婆没等大李把话说完,就熊开了:你这榆木脑袋,再不开窍,将来扫厕所的也要成为你的顶头上司!你以为你能写几篇破文章,你就有几斤几两了?别看人家小王认不了几个字,他猴精着呢,人家贾局长家路灯黑了,他的路灯也马上跟着黑了,就你那路灯贼亮着碍眼。你要知道,做官和你写文章一样,功夫在诗外哟。

老张站在那里,听得迷迷糊糊,云里雾里。他听明白了一些,又有一些听不明白。他懒得再听下去,一拐一瘸回家了。

没过两天,大李家那盏路灯也不亮了。

一天晚上,老张打着手电筒,下楼散步。刚到二楼,在漆黑的楼梯间,他看见一个黑影摔倒在地,喷着酒气,哎哟哎哟地哼着,旁边淌着好多血。

老张大惊失色，双脚打战，连忙大声叫人。

大李闻声出来，以为是老张摔了，忙问伤了哪里？老张说我没摔呢。大李说你没摔乱嚷嚷啥呢？

老张把手电筒往地上黑影一照，大李定睛一看，顿时面如土色，浑身颤抖，差点昏倒。

原来地上躺着的，是血肉模糊的贾局长。

两人赶快把贾局长扶起，老张感慨地说，长期在暗处里走路，迟早是要摔跤的呢。

贾局长被送往医院，几天就出院了。

出院后贾局长就去了纪委，听说主动交出了许多钱。

那天，老张下楼来，发现贾局长家路灯亮了，一楼二楼路灯也亮了。

贾局长看见老张，上前一把握着老张的手，动情地说，老张呀，谢谢你救了我！

老张淡淡地说，谢什么谢呀，我不是凑巧碰上了吗？

贾局长眼红了，哽噎着说，我不是说你发现我摔了救了我，我是说你最后那句话救了我！我住院那几天，看见许多人生不带来死不带去，我就想起了你那句话，一语惊醒梦中人呀！

老张也握着贾局长的手，笑着说，我还得谢谢你呢，你看这路灯多亮堂，我上下方便多了。

贾局长也笑了，说，我走路也踏实安全了。

两人的笑容平淡而从容，就像那柔和的灯光。

拯　救

轰隆隆一阵闷响，随之脚下剧烈地颤动，头顶土砾簌簌往下掉，整个巷道霎时被黑暗吞噬。

"坏了坏了，巷道塌方了，我们被埋在里面了。"最先反应过来的是班长张三，他正在带领李四、王五、赵六挖煤，一种不祥之兆紧紧攫住他的身心。

几位工友马上丢钎弃锄，停止作业，一齐大声惊问："什么什么？塌方了？被埋了？"

"从刚才的声音可以判断，这次是大面积塌方，情况比原来的糟糕，看来凶多吉少。"张三道出了心底的隐忧。

大家一阵沉默，可怕的沉默，就像狂风过后的树叶，战栗摇摆，惊恐不安。

突然，王五打破了这窒息的气息，哇的一声哭了："班长你救救我们吧，我不能死的，我还只二十多岁，我连女人的手都没碰过，我这样去了也不会闭眼的。"王五的鸭嗓子干涩沙哑，充满了对死的恐惧和对生的渴望。

张三有点生气，一迭连声地骂道："哭你娘个 B！老子还没死呢！你号个什么丧？你滴几滴猫泪就能救你？还不跟老子一起去挖巷道！"

王五停止了哭泣，随之一阵窸窸窣窣，各人又拿起工具，向塌方处摸去。

"根据以往的经验，如果是小塌方，挖几锄戳几钎就可以看见外面亮光，我们努力下试试。"张三的话像黑夜的亮光，让人看到了几分希望。

大家振奋精神，一齐上阵，你铲我挖，你撬我扒，你喊我催，手忙脚乱，气喘吁吁，叮当作响，火星四溅。

忙了一会，首先李四泄气了，他骂道："老子指甲抠没了肉扒烂了，石头像生了根，就是不动。"

张三也停了下来，无奈地说："不要白费力气了，看来我们无能为力了。大家都躺着保存体力，听天由命，等待外面人施救吧。"

一阵喘息，一阵咳嗽，一阵咒骂，一阵叹气，整个巷道又变得沉寂和压抑，就像风暴即将来临的水面，获得片刻的风平浪静。

过了一会，还是张三打破了沉默："长期这样死气沉沉的也不好，我提议大家都说几句话，把平时老窝在心底的话讲出来听听怎么样？"

大家像注入一针兴奋剂，总算有了点精神，一齐附和："如果谁不掏真话，就是狗日的。"只有赵六没空表态，一边不停咳嗽，一边喉咙像拉风箱一样响。

"既然大家都赞成，那我就带个头吧。"张三说，"我们家乡到处在搞开发，前几天我老婆打电话来，说我家那两亩好地被征了。这次回去一定要到乡政府骂娘，即使成为全乡最牛的钉子户，也要把地保住！现在领导想搞点政绩，就把客商当祖宗牌供着，随意贱卖土地拆迁房屋，不顾老百姓的死活！那些客商也发死了，每天开着小车，带着小蜜，花天酒地，还不是在喝咱老百姓的血！"

"老子这次若能活着回去，一定要把村长那狗日的废掉！"李四舔下潮湿的巷壁，滋润下干裂的嘴唇，恨恨地说，"他欺负我家太穷，欺负我人老实，趁我在外挖煤，几次糟蹋我老婆。开始我还不知情，还是上次回去邻居讲给我听，我再找老婆证实的。老子李四也不是孬种，不是省油的灯，要死屁朝天，不死万万年，他狗日的让我戴绿帽子，老子就要让他妈的缺手少脚，断子绝孙！"

"李四哥，此仇不报非君子，如果用得上兄弟，我两肋插刀，在所不辞！"王五接着说，"挖这点死煤，我的肠都悔青了。我表哥其实几次叫我跟他去做大生意，赚大钱，但我妈妈打破嘴，说表哥是坐过牢的，一直干一些见不得人的黑事，每天在枪口刀尖上混饭吃。如果一辈子就这样完了，那还倒不如跟表哥去闯闯，搞几个钱，享乐一番，表哥说有总统套间随便住，有漂亮女崽任玩呢。唉，早知今日，悔不当初呀！"

"兔崽子，现在叹气也迟了。也不知道你咋混的，这把年纪了还是童子鸡一只，你该不是阳痿吧，你即使死了阎王也不会收你呢。"张三笑着说，"赵六，你别只顾拉风箱了，你也说几句呀。"

赵六一边喘气，一边咳嗽："我没什么好讲的，我只想回到妈妈身边，帮她挑挑水，替她洗洗菜，陪她晒下太阳，陪她说几句话。另外，我看见村子学校的梁柱好多烂了，真怕有一天垮了打到伢崽，我想抽个空去林子砍几棵树，把梁子换下。还有村前那条泥巴路，一落雪下雨，老人伢崽经常摔跤，我也想挑点碎石沙子把路填下……"

"你这痨鬼，尽这样婆婆妈妈，"张三打断了赵六的话，"你那些虚情假意就别说了，留点体力准备跟死神搏斗吧。"

……

一星期后，塌方终于清除，四个人死了三个，只有赵六奇迹般生还。

事后，记者采访赵六，问在洞里大家是如何与死神抗争，他又是怎样获得新生的？赵六说："迷迷糊糊中，我听见妈妈在喊我，我飞快地跑过去，妈妈把我拥入怀中，一边轻柔地抚摸我的头，一边轻声哼唱着歌谣，我便笑着睡着了。"

从记者采访得知，赵六是个孤儿，父母离异，无亲无故，一直单身生活，小时靠乞讨为生，长大后在煤矿挖煤，患有肺结核、哮喘等病，年过四十，仍然未娶。

不久，记者刊发一篇采访文章，题目叫《拯救》。

超级代驾

　　阿黑是个浪子，每天在街上东游西逛，无所事事，靠小偷小摸过日子。

　　一天，阿黑看见一则广告，某代驾公司急招员工，替一些喝酒的人开车。

　　阿黑以前学过开车，拿过驾照，他拿着假证件去报名，不想顺利通过。

　　阿黑的第一单业务来得很快。那天晚上，公司通知他去富豪大世界接客。阿黑急急赶到，发现要代驾的是一位女郎。女郎倚在车子后排，长发披肩，凤目微启，粉面桃花。

　　女郎抬起头，对阿黑说，请把车子开到水榭天品小区。阿黑忙说好的，就向前驶去。

　　阿黑开了一程，感到无聊，就嬉笑说，美女，晚上一个人带车出来，还喝酒，危险呢。女郎笑着说，谢谢提醒，我今天做了一单生意，一高兴，就喝了几杯。

　　很快到了小区，女郎从钱包里抽出三张大团结，丢给阿黑，说辛苦了，不用找。说完，女郎又倚在座位上，微闭着双眼，像是等人。

　　阿黑高兴地接过钱，熄了车灯，顺手把车上三包香烟和一只手表塞进包里，轻轻关上车门，走了。

　　阿黑次日上班，惴惴不安，生怕那女郎打电话来投诉。但公司除了安排他接三个客，一切都平安无事。

　　一天晚上，阿黑去天外天娱乐城接客。阿黑赶到，不禁倒吸一口凉气，满脸涨得通红，原来客人就是上次那个女郎。

女郎倚在后排，好像没有认出阿黑，她笑笑说，麻烦开到滨河苑小区。

阿黑开了一程，心里渐渐平静下来，他又跟女郎套近乎地说，美女，夜这么深了，你怎么不早点回家呢？怎么不带上男朋友呢？女郎一笑，说，谢谢关心，单身贵族不好吗？有你这帅哥当护花使者，难道还不安全吗？

阿黑一笑，丢给女郎一根烟，自己也点一根，吸起来。

不一会儿到了，女郎随手丢给阿黑四张大团结，说不用找了，一点小费。

阿黑接过钱，忙说谢谢。阿黑下车时，趁女郎不注意，把车上一个小提包拿走了。

阿黑回家一看，不禁双眼发直，心惊肉跳，原来包里除了一个男人的一些证件和票据外，还有一大沓崭新的钞票。

阿黑害怕了，他在家里坐卧不宁，茶饭不思。他谎称生病，向公司请十天假，避避风头。

时间一天天过去，公司没有一个电话来找他，他想这个女郎肯定是个马大哈，他的心里踏实了下来。假期一到，他又去上班了。

那天，阿黑又接到一单业务，去情未了娱乐中心接客。等走到客人面前，阿黑突然发现，又是上次那个女郎。阿黑心胡乱跳得厉害，额头渗出了汗粒。

女郎倚在后排，又好像没有认出阿黑。女郎说，请开到水岸花园小区。

阿黑的心跳得顺畅了些，他想，这个女郎肯定脑子灌水了，这么健忘，被人卖了都不知道。

阿黑说，美女，看你脸色，好像不太开心呢？

女郎叹口气说，两个月都没有做一单生意，心里不爽，借酒浇愁呢。

阿黑说，生意慢慢做，别把钱太当真。我放点音乐，让你放松下。

歌声响起，车内一片静寂。

车子驶到一公厕处，女郎撑起来，说肚子不舒服，想下去方便一下。

女郎进厕所去了，阿黑在车上等。等了一会，女郎还没有出来。阿黑突起邪念，他关掉车灯，猛踩油门，一溜烟开回了家。

很快，阿黑找了个熟人，以烂便宜的价格，把车子卖了。

阿黑再也不敢去公司上班了，他赶快抽掉手机卡，卷起铺盖，去很远的地方租间房，躲了起来。

阿黑每天关在房里，坐不宁，睡不实，像热锅上的蚂蚁，烦躁不安。直到晚上，他才戴顶帽子，把头脸遮严，去街头巷尾买点吃的。

两个月过去了，倒也风平浪静，既没有熟人找上门，也没有社区的找上门，更没有警察找上门，阿黑悬着的心渐渐落了地。

阿黑闷得发疯，他想出去找点事做，但一时又找不到合适的，他只好又重操旧业，去另外一家代驾公司上了班。

一天晚上，夜黑得像泼了墨汁，阿黑去一家娱乐城接客。一见客人，阿黑脸色煞白，转身想跑，但双脚瘫软，挪不动了。原来又是上次那个女郎。

女郎又好像得了健忘症，又好像没有认出阿黑。女郎挪挪身子，说，到美庐公寓小区。刚做一单生意，骨头都散架了。

阿黑想，这个女郎乍一看一个美人坯，不想这么不长记性，若不是神经有问题，就一定是个白痴。阿黑镇定下来，端坐在位上，紧握方向盘，向前驶去。

车子开出几公里，前面有两个警察在拦车检查。

阿黑心里一紧，手心全是汗。他想，如果这时女郎喊一声，指认他以前偷过她的车，那他今晚就彻底地栽了。

这时，女郎捂着肚子，说头昏脑涨，翻胃搅肠，要下车呕吐。

阿黑一颤，心想坏了坏了，女郎肯定是要借故下车报警。

阿黑乱了方寸，绝望地停了车，让女郎下去了。

阿黑等了一会，没见女郎去找警察，也没见女郎上车。

这时，警察过来，用电筒照照车身，照照车牌号，然后探身车里，仔细打量。

阿黑解释说，这车不是我的，我是代驾公司的司机，我是替那个女郎开的。

警察盯着阿黑说，你替哪个女郎开车？那个女郎在哪？

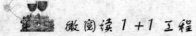

阿黑向后指指，说那个女郎喝多了，在车屁股呕吐呢。

警察赶快用电筒向车屁股一照，再向四周照照，没见一点人影。

警察突然一下扭住阿黑，铐住了他的双手。

警察厉声说，你这偷车大盗，还想耍滑头。你这坐的车，就是刚偷的。你今年用同样的作案手法，偷了十几辆小车。

阿黑眼一黑，脚一软，一下栽倒在地。

一九八五年的冰棒

一九八五年的夏天，让我欢喜让我忧。

喜的是我考上了大学，成了我们村第一个大学生；忧的是家里一贫如洗，一分钱学费也没有着落。

拿着录取通知书，就像拿着一块大石头，沉甸甸的。

进了大学门，就有铁饭碗。妈妈咬咬牙说，借！

爸妈分头行动，亲戚朋友，邻里叔侄，一家家上门，说尽好话，磨破嘴唇，这家十几元，那家几十元。最后一合计，大头凑齐了，仍掉一点尾巴。

这下山穷水尽了，爸妈整日愁眉苦脸，唉声叹气，连饭都咽不下。

这时我出主意说，我去卖冰棒试试，听隔壁阿牛说，他的学费都是他卖冰棒挣的。

妈妈叹口气说，一根冰棒挣分把两分钱，也是杯水车薪，不过离开学还有两个月，在家也是闲着，挣一分是一分呗。

我比阿牛大几岁，阿牛初三刚毕业。我把这事跟阿牛讲了，阿牛高兴地说，能与你这大学生一起卖冰棒，那是我的荣幸呀。

次日清早，阿牛就来约我。我找只小木箱，里面铺件破棉袄，扛上肩膀，出发了。

我们俩翻山越岭，一口气赶到十几里外的镇冰棒厂。

阿牛比我熟，他先帮我进好冰棒，再忙他的，然后急急往回赶。

刚走一半路，我的衣服汗湿了，扛箱的肩膀磨得生疼，上气接不了下气。

好容易熬到村头，太阳已升上中天，正吐着毒毒的火舌。田间地头的乡亲们口干舌燥，汗流浃背，纷纷回家避暑纳凉。

这时正好卖冰棒。阿牛光着脚板，捎着冰棒箱，脖子上挂着一个小布钱包，在巷子里拐来弯去。他顾不了脚板硌得生疼，顾不了太阳像刀一样割，顾不了汗水模糊了视线。他一边快步走一边大声喊，卖冰棒啦！卖雪糕啦！有人在门口向他招手或朝他喊话，他就小跑过去，放下箱子，亲切地问要几根？等对方报上数字，他就打开冒着冷气的箱子，迅速地拿出冰棒，再接过对方递来的钱，塞进钱包里，急急向外赶。

我跟不上阿牛的脚步，喉咙也像被人捏住，喊不出声来。看见有人来买冰棒，我的脸就红了，回话也有些结巴。有一次还把钱找错了，只好一个劲赔不是。一个大婶就笑我说，一个大男人，还这么羞脸，真像闺女家呢。

跑了三个村湾，阿牛的 200 根全卖了，而我的 100 根还剩下大半。

过了中饭时间，太阳更加厉害。我饥渴交加，头晕目眩。我说回去算了，阿牛说回去你这趟不就赔了吗？阿牛扛上我的箱子，帮我卖。但此时人家有的凉透了，有的午睡了，买的人自然少了。阿牛帮我又转了两个湾子，还有一半没卖。此时冰棒开始融化，阿牛无奈地说，只能减价卖了。一直到下午四点，还有 20 根没卖。我拖着虚脱的身子，悻悻往回走。

晚上，爸爸望着一碗融化了的冰棒水，摇头叹气说，百无一用是书生呀！

随后几天，我胆子大了些，状况也有所好转，每天也能赚个几角钱。

那天又去镇里进冰棒，阿牛帮我进好，就朝外走。我说，你不进？阿牛说，进，我到前面那家新开张的冰棒厂进。我说，那家新厂离这里还有一二里，你何必舍近求远呢？阿牛说，我爸要我去，说那家是我的亲戚，照顾下他家生意。阿牛叮嘱说，你先进先走，不要等我，冰棒是等不得的。

那天我的冰棒卖得快多了，刚过中饭就卖完了。而这时阿牛回来不久，才卖出一点点。

后来，我进的冰棒数逐日增加，每天也能赚个两块多钱。

那天，我进好冰棒，坐在镇里等。过了好久，阿牛来了。阿牛说，你怎么不先走？我说，一起来的就应该一起回去，我怎么好意思一个人先回去卖呢？阿牛生气地说，你这人真是书呆子，道理也听不进去，那就让你回去喝冰棒水吧！

自此，我每次进好冰棒，就在镇里等阿牛。自然，我卖出的冰棒也减少了。

一天，我和阿牛在卖冰棒，一位大婶买了一根，递给阿牛5分钱。阿牛说，还差1分。大婶诧异地说，你不是一直卖5分吗？阿树（我的名字）刚才也是卖5分呢，难道你的涨价了？阿牛解释说，这冰棒是在另一个厂进的，最近这个厂用白糖代替了糖精，用蒸馏水代替了山泉水，生产成本提高了，自然价格也涨了。大婶又摸出一分硬币，一下丢在地上，粗声说，骗鬼呢！这么小就掉进钱眼了，那长大了还了得！阿牛的脸顿时红了，站在那里呆若木鸡。

阿牛的涨价，招来了一些人的非议，也影响了他的生意。

晚上，我出去乘凉，路过阿牛的家门口，听见他爸正在大骂，你这兔崽子，人小鬼大，是谁教你涨价的？你是生病了要钱打针吃药，还是快死了要打棺材钉？随后，就听见"啪啪"两巴掌，伴随阿牛压抑的哭泣。

第二天卖冰棒，阿牛又价回原位了。

时间过得真快，一晃一个月过去了。

那天早上，我去约阿牛进冰棒，听见阿牛在床上呻吟。近前一看，原来阿牛的脚又红又肿，敷着刺鼻的草药，下不了地。阿牛说昨天卖冰棒不慎摔了一跤，郎中说没有一两个月，是好不了了。

我安慰阿牛几句，就一个人走了。随后一个月，就只有我一个人卖了。我把那只小木箱换成了大木箱，挣的钱也比原来多多了。

转眼暑期完了，我把卖冰棒的钱一数，不想竟有二百多元。但离那笔报名费，还差一百多元。

报名前一天晚上，这笔钱还是没有凑齐，我哭丧着脸，一筹莫展。

这时，阿牛挂着木棍来了，他从内衣里摸出一个小塑料袋，递给我说，树哥，这是我卖冰棒攒下的一百多元钱，你先拿去报名吧！

攥着那袋一分分皱巴巴的零钱，我的眼睛悄悄湿润了。

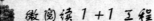

　　开学后，我收到了一封广东的来信，原来是阿牛写的：树哥，在大学还好吗？你还记得我们俩卖冰棒的事吗？有些事我本来是不想说的，但不说又怕你误解我。其实，涨价那事是我故意的，还有去新厂进冰棒和摔伤大腿，我也是故意的。我只是想让你多卖几根冰棒，多挣几分钱，多缓解点压力。这学期我辍学了，我爸说家里穷，我又没挣到学费，就让我来广东打工了。其实我蛮想读书的，昨晚我都梦见了你那大学校园，像天堂一样美极了！我们俩还扛着木箱，正在里头吆喝着卖冰棒呢……

　　我看不下去了，泪水悄悄濡湿了信纸。

　　我大学毕业后，成了一名老师，我放弃了留城的机会，回到了家乡。